DU MÊME AUTEUR

COURS MATILDA ! Hachette-Jeunesse, 1999

OÙ SONT LES ENFANTS ?

SIMONA VINCI

OÙ SONT LES ENFANTS ?

roman

Traduit de l'italien
par Jean-Marie Laclavetine

nrf

GALLIMARD

Titre original :

DEI BAMBINI NON SI SA NIENTE

Pour ma mère, qui a toujours été là

Toutes les vies étaient pareilles, disait la mère, sauf les enfants. Les enfants, on ne savait rien.

C'est vrai, disait le père, les enfants on sait rien.

Marguerite Duras,
La pluie d'été

1.

Il est six heures de l'après-midi et la lumière est exactement ce qu'elle doit être à six heures de l'après-midi, à la fin de l'été : chaude et jaune, à peine voilée de rose au loin, dans la campagne.

Sur le parking devant l'immeuble il n'y a qu'une voiture, une Fiesta bleue, couverte de poussière et de sable. Le soleil frappe la glace du rétroviseur et rebondit : une lame, sur le casque de cheveux blonds de la fillette immobile au milieu de la place.

Elle est tournée vers le champ de maïs déjà très haut. Elle porte un tablier bleu, court, aux bords effilochés et aux poches immenses, ses jambes à peine écartées sont bien plantées dans une paire de sandales rouges à lanières bleues. Elle a les mains dans les poches et elle chante. Un de ces airs que chantent les enfants, parfois, qui rappellent quelque chose sans qu'on sache quoi exactement, peut-être quelque chose du temps où soi-même on les chantait.

La voix est juste et belle, on dirait que la fillette chante pour quelqu'un, avec précision et patience, sans accélérations ni retards. Les enfants font ça quand ils sont tristes. Ils chantent en s'appliquant, comme si c'était un devoir, un mantra qu'il faut répéter et répéter et répéter, parfait et limpide, pour faire partir tout le mal et les mauvaises pensées.

L'immeuble est orange. Un de ces immeubles comme il y en a dans toutes les banlieues : un grand parking, une place cimentée, devant, délimitée par des barrières en tubes de métal vert, des bancs verts eux aussi, des poubelles jaunes et rondes, des lampadaires disposés symétriquement autour de la place et un au milieu à trois lampes, des compteurs électriques d'un rouge éclatant aux deux extrémités, côté rue.

Un de ces immeubles comme on en voit dans toutes les banlieues, sauf que celui-ci est à la campagne.

Il a été construit un peu à l'écart du bourg, face aux champs. La nuit, quand les lumières sont toutes allumées, ça fait une drôle d'impression. Une boîte remplie de bruit et de vie dans l'obscurité de la plaine.

La fillette chante, le regard fixé sur la ligne extrême des champs, loin, juste au-dessus des épis de maïs qui sont plus hauts qu'elle. Les mains dans les poches du tablier. Le casque blond flamboyant au soleil.

Personne ne viendra aujourd'hui. Personne ne vient plus.

Depuis une semaine, les autres enfants désertent le parking et le terrain. Ils sortent en hâte par la porte centrale et s'éloignent dans des directions différentes. Personne ne vient l'appeler, ils ne la saluent même pas, ils ne se saluent pas non plus entre eux. Ils marchent tête basse vers les bicyclettes et les scooters rangés les uns contre les autres dans le râtelier au fond de la cour, on entend le bruit des cadenas dans le silence du début d'après-midi, ils enlèvent les chaînes et sautent en selle. Leurs pieds, chaussés de baskets gigantesques, appuient à toute vitesse sur les pédales. Ils s'éloignent sans rien dire. On n'entend que le grincement des chaînes de vélo, le grondement prolongé des scooters qui démarrent, les pneus qui dérapent sur l'asphalte.

Il ne reste que les petits, mais ils descendent plus tard, vers quatre heures, quatre heures et demie, avec leurs mères, leurs grand-mères ou leurs baby-sitters. Ils sont petits. Ils jouent à la poupée, ou avec des autos miniatures. Avec des pelles et des seaux, ils restent dans le bac rempli de sable gris. Ils hurlent.

Les plus grands sont à la baraque à glaces, derrière le virage, ou bien ils vont à la piscine.

Ici, il ne reste plus personne.

On dirait que beaucoup de temps a passé. Quand elle pense à ces jours, Martina se dit : quand j'étais petite. Pourtant c'était seulement il y a deux mois. C'était le début de l'été. Maintenant il fait frais, le soir. Et il n'y a plus personne dans la cour devant la maison. Les grands s'en vont vite, ils s'éloignent sur leurs scooters sans dire un mot. Martina ne sait pas où ils vont, mais en tout cas pas à la cabane, plus personne ne va là-bas. Il ne reste que les petits, dans le rectangle de sable ou sur leurs tricycles, avec leurs mères ou leurs grand-mères. Ils sont au fond de la place, où il y a la pelouse, du côté opposé au champ, vers le bourg.

C'est bizarre d'être ici, seule dans la cour, avec les ombres allongées des bancs sur le ciment, les lumières des lampadaires autour de la place qui s'allument toutes en même temps dans leurs bulbes transparents. Des lumières pâles et tremblantes, presque bleues, qui d'un seul coup se réchauffent et deviennent orange.

L'été va encore durer quelque temps. Les champs, autour, sont encore jaunes. Le grenier de l'Emilia. Grenier. La maîtresse a dit une fois aux enfants que grenier vient de grain, qu'autrefois il y avait du blé partout, même là où il y a des maisons maintenant, et qu'ils ont dû en enlever beaucoup pour construire le village. La nuit, il devait y avoir un grand silence, encore plus qu'aujourd'hui. Rien que les grenouilles et les grillons, les chats, et les lucioles brillant au-dessus des épis.

La fillette continue à chanter, immobile, dans la même position : mains dans les poches, jambes écartées, le regard qui glisse sur l'étendue d'épis devant elle, même quand la dernière note de la chanson s'est perdue dans le champ.

Sa bouche est fermée. La main droite, enfoncée dans la poche du tablier, serre un morceau de papier qui est resté coincé dans un angle, avec des miettes et des petits cailloux. Peut-être un ticket de caisse. Ou un billet qu'on s'est passé entre les bancs, à l'école.

Quoi que ce soit, ça fera mal.

Elle sort la main de sa poche, les doigts encore serrés, puis elle les relâche un par un. Le billet, collé à sa paume moite, met un peu de temps à tomber. Quand il glisse enfin, la fillette recommence à chanter sans baisser les yeux une seule fois. Le champ est devant elle et le soleil l'inonde à la verticale, gonflé et liquide comme un jaune d'œuf qui crève.

Depuis quelques jours, depuis qu'ils ne se rencontrent plus dans la cour, Luca passe ses après-midi au lit, il glisse d'un rêve à l'autre, d'un sommeil à l'autre. Il se réveille le matin à cause de la charge de bisons qui met la maison sens dessus dessous pendant près d'une heure, il déjeune avec les autres, en faisant semblant d'écouter leurs bavardages sans queue ni tête. Quand ils sont tous partis, il retourne au lit, il se dit qu'il va se lever, encore dix minutes et il va se lever, mais il reste encore dix autres minutes, qu'est-ce qu'il va bien pouvoir se passer pendant ces dix minutes de merde, et puis c'est midi et il a faim alors oui il se lève mais c'est pour retourner se coucher aussitôt après, la tête alourdie par la nourriture et par la chaleur du début d'après-midi. La pièce est toute sombre, les volets fermés ne laissent pas même entrer un rai de lumière. Obscurité, silence. Et sommeil. À s'effondrer dedans et à s'y noyer, un sommeil animal, un sommeil de nourrisson. De temps à autre il ouvre les yeux, déplace son regard sans bouger la tête en le laissant errer sur le plafond éteint. Ombres. Puis les paupières s'abaissent de nouveau, et il nage comme un dauphin ou comme une baleine scintillante dans l'eau noire et froide d'une mer nocturne, tranquille et lisse. Sa mère s'énerve quand elle rentre et qu'elle le trouve encore au lit sans avoir rien fait de sa journée.

Tu es malade ?

Non.

Alors qu'est-ce que tu as, on peut savoir ?

Rien. J'ai sommeil.

Il se retourne dans son lit, tournant le dos à sa mère, les jambes emberlificotées dans le drap humide de sueur, le visage enfoui dans l'oreiller mou, les paupières serrées.

Juste sommeil.

La mère reste un moment immobile sur le seuil, elle le regarde, puis elle quitte la pièce en claquant la porte.

Ça ne fait aucune différence, qu'elle soit dans la chambre ou pas. Une seconde de silence suffit pour qu'il plonge de nouveau dans les profondeurs liquides du sommeil. Pendant qu'il dort, son corps reste immobile, il se couvre de minuscules gouttes de transpiration fraîche, une sorte de deuxième peau liquide.

Matteo court, lui, il court comme il n'a jamais couru et l'entraîneur l'observe avec perplexité du bout du terrain, en se grattant la tête, avant on aurait dit une pomme de pin prête à tomber de l'arbre au moindre souffle de vent, et maintenant c'est un vrai coureur de fond, ça fait trois jours qu'il court comme s'il se préparait pour le marathon de New York.

Il court, il court, méthodique et constant. Les semelles de ses chaussures frappent en rythme le sol desséché, marqué de fentes et de minuscules cratères. Il court les yeux grands ouverts, fixés droit devant lui, il court comme si au bout du terrain il y avait quelque chose à rejoindre à tout prix. Comme s'il n'avait pas d'autre choix.

Ses omoplates maigres semblent vouloir trouer la peau pendant qu'il court, ses avant-bras soulevés se balancent d'avant en arrière. Les muscles des jambes le brûlent, ils se nouent comme des serpents et se dénouent en le faisant chanceler, mais il ne faiblit pas, il sue comme une bête, le maillot collé au thorax et au dos, de temps en temps une mouche heurte son visage, mais il n'y prête pas attention, il court jusqu'à l'épuisement, puis il rentre à la maison. Sans passer par là-bas.

Tout droit à travers champs pendant cinq minutes, puis encore tout droit, en suivant le fossé, au milieu des orties, des fleurs jaunes et violettes, des insectes. Puis à l'intérieur du fossé avec les grenouilles, toujours tout droit, jusqu'au bout. Avec le maïs qui bouge à peine sous le vent, immense. Encore quelques semaines, quelques jours peut-être, et on fauchera tout.

2.

Avant ils jouaient tous ensemble. Avant. Il y avait toujours du monde : les enfants de l'immeuble, ceux des maisons voisines et puis quelques autres, avec des cyclomoteurs, qui venaient de la campagne alentour, même de Vigorso, de Bagnarola, des villages proches. C'étaient les plus grands, quatorze ans. Martina en a tout juste dix, comme Matteo.

Au début, c'étaient les grands qui décidaient à quoi on jouait, mais ensuite on votait à main levée. Souvent, les groupes se scindaient : le territoire des petits, c'est le milieu de la place, autour du grand lampadaire. Celui des grands est un peu plus à l'écart, moins en vue. Ils sont juste derrière l'immeuble, près du râtelier à vélos, en face du champ, loin de la route. Beaucoup de monde, et un raffut terrible. Des fenêtres, à intervalles réguliers, tombaient les plaintes des vieux, des femmes, des étudiants déjà énervés par leur travail et par la chaleur. On se calmait pendant dix minutes, et puis ça va comme ça, on recommençait.

Il y a eu l'époque des patins. Les rollerblades. Tout le monde en avait sauf les petits. Martina n'en avait pas non plus, mais de temps en temps Mirko lui prêtait les siens, bourrés de coton pour tenir son pied minuscule. L'époque la plus belle. Mirko a les yeux verts et un sourire étrange. Mirko a quatorze ans et il ne parle pas beaucoup, lui non plus.

Martina aimait voir les mains du garçon serrer les lanières des patins autour de ses chevilles, elle aimait ses poignets et les veines bleues qui disparaissaient dans les manches de la chemise. Il était à genoux par terre devant elle et il faisait vite. Parfois il passait un doigt sur le duvet blond de ses jambes.

Bientôt tu seras bonne pour la cire à épiler... ou alors il faudra y aller au rasoir.

Elle se libérait d'un petit saut et poussait sur les roues pour prendre de la vitesse. Les petits hurlaient tout autour, ils applaudissaient et ils couraient au milieu de la piste, les emmerdeurs.

Un autre des jeux préférés était la guerre nucléaire. Divisés en deux groupes, ils se cachaient et se poursuivaient à travers le lotissement, les bases secrètes changeaient tous les jours et l'autre groupe, celui des ennemis, n'en savait rien. On simulait les explosions nucléaires avec des pétards fumigènes puants qui répandaient une odeur de brûlé sur toute la place. La fumée s'élevait loin au-dessus des lampadaires, une chape dense, effrayante, qui les faisait hurler de joie.

À cinq heures on goûtait tous ensemble, parfois même avec les petits. En hiver, on allait chez le boulanger en face : pizzas, fougasses, gâteaux à la crème. Les tartelettes Porretta, celles avec le papier mou et translucide et la marque en blanc et rouge, quand ils n'avaient pas assez d'argent. Ils se sentaient toujours un peu tristes devant ces tartelettes, tristes et pauvres, mais après ils ramassaient avec la langue et les dents les moindres miettes dans le papier.

En été, ils allaient jusqu'à la baraque à glaces, une rue plus bas, après le virage, les grands fumaient, complètement avachis sur les sièges en plastique, ou bien ils restaient sur la bande de gazon à l'arrière de l'immeuble. Le soir, c'était bien de rester tous ensemble pieds nus dans l'herbe, assis en rond à parler de films et de voyages intergalactiques, de buts légendaires qui avaient remonté le score de l'équipe favorite, ou même simplement d'être assis là à se lancer des vannes. À rire devant le champ où le maïs poussait à vue d'œil et cachait la ligne d'horizon. Les champs étaient pleins de vibrations, le vent les parcourait en traçant d'étranges dessins et en sifflant à toute vitesse. De la baraque à glaces provenait de la musique techno, ou les chansons du groupe Articolo 31 balancées à plein volume. C'était bien de danser tous ensemble et de regarder les étoiles la tête abandonnée sur l'herbe. Même le jeu des baisers derrière la palissade fleurie était amusant. De l'autre côté de la route, devant un champ minuscule, il y a une palissade en bois très basse, style western. Devant sont plantées des fleurs un peu tape-à-l'œil, grosses et dépenaillées, violet foncé et fuchsia. La barrière n'a aucune utilité, c'est une espèce de décoration. Les filles, chacune à son tour, se mettaient derrière la barrière et les garçons faisaient la queue devant elles. Un par un, ils étaient examinés par la princesse en charge, et celui qui réussissait l'examen recevait un petit baiser, parfois même avec la pointe de la langue. Un baiser très rapide, claquant. Et tous les autres riaient.

C'est Mirko qui les emmenait à la baraque à glaces, et ils le suivaient comme une nichée de poussins, joyeux et craintifs, tout soucieux de ne pas avoir l'air bébé devant les plus grands.

C'est là que Martina avait vu Paolo pour la première fois, et qu'elle était tombée un peu amoureuse. Paolo a dix-neuf ans et demi, c'est le frère de Mirko. Il a les mêmes yeux étranges mais lui parle tout le temps. Martina plaisait à Paolo, il lui disait quand tes seins vont pousser… Et alors Martina se regardait dans le miroir, le soir, avant d'aller au lit. Hélas, sur sa poitrine, c'était toujours le calme plat. Calme aussi au-dehors, derrière la fenêtre, sur l'étendue des champs et les fermes, au loin.

Martina pense à comment c'était, avant. À sa mère qui se mettait au balcon pour l'appeler, à toutes les fois où elle a descendu l'escalier en courant, sans attendre l'ascenseur, pour arriver à l'heure sur le banc de l'autre côté de la place, sous le grand réverbère où les autres l'attendaient.

Les scooters des grands tournaient en rond au milieu de la place, lentement, en faisant des gymkhanas autour des réverbères et des cabines téléphoniques.

Elle descendait à neuf heures et rentrait à dix heures et demie. Sans faute. Neuf heures-dix heures et demie, c'est beaucoup de temps, le temps de disparaître et de revenir.

Sur la place : une marée d'enfants que les mères aux fenêtres regardent et surveillent. Du moment qu'ils courent et qu'ils hurlent pas trop loin, elles sont contentes. Elles n'ont pas peur : ils sont nombreux, ils sont tous ensemble, elles ont confiance dans le groupe, les mères. Elles se fient à la vigilance de toutes les autres, si l'une est distraite, si telle autre n'est pas là, il y en a toujours une pour surveiller tous les enfants, pas seulement les siens.

Mais maintenant, les autres ne sont plus là. Maintenant, il y a le boucan des tout-petits, les rires qui arrivent de la baraque à glaces après le virage, et les vieux qui se promènent bras dessus bras dessous ou restent assis sur les bancs enfin libérés, mais ses amis à elle, non, ils n'y sont pas.

Maintenant il va sûrement se passer autre chose. Quelqu'un va venir poser des questions, chercher à savoir. Quelqu'un doit venir, forcément.

Ils s'éloignent tous, désormais. Même les autres, ceux qui ne savent rien, ils lui trouvent un air mauvais et ils restent au large, loin d'ici.

Aujourd'hui, Matteo a eu envie de téléphoner à Martina. Il rentrait juste de l'entraînement, il était encore essoufflé et il avait un point de côté à force d'avoir couru. Sa mère était sous la douche. Il s'est approché du téléphone et puis il s'est souvenu qu'il n'a pas son numéro de téléphone. Ils n'ont jamais eu l'habitude de se téléphoner, il n'y en a jamais eu besoin. Mais maintenant il voudrait entendre sa voix, entendre deux ou trois sonneries et puis cette voix ténue mais ferme dire « allô ? ».

Il faudrait qu'il cherche le numéro dans l'annuaire, si ça se trouve il est au nom de sa mère, qu'il ne connaît pas. Prendre l'annuaire dans le dernier tiroir du buffet de cuisine. Effeuiller les pages minces, une à la fois, laisser son index parcourir l'interminable succession de noms dans l'ordre alphabétique. Une vague de nausée : l'odeur de l'encre et du papier. Et sa mère qui sort de la salle de bains. Et puis, qu'est-ce qu'il pourrait bien lui dire, à Martina ? Rien. Entendre sa voix. Et raccrocher, avec le cœur qui monte à la gorge.

Qu'est-ce qu'il a mangé ?

Il ne sait pas, il ne s'en souvient pas.

Ça fait trois ou quatre soirs que Matteo mange tout ce que sa mère met dans son assiette sans y faire attention. Il plonge sa fourchette et il l'enfourne dans sa bouche, la tête penchée sur l'assiette et le regard éteint.

Et puis il se pose la question, quand son ventre gonflé lui fait mal, qu'il a l'estomac comme un tambour et qu'il est sur le point de vomir, il regarde sa mère en cherchant à lui soutirer la vérité : qu'est-ce qu'il y avait dans l'assiette ? Elle pourrait donner un indice, je ne sais pas, moi, demander le poisson était bon, les pâtes étaient bien assaisonnées ?

Alors il se calmerait, en remuant la langue il pourrait capturer le goût qui déjà s'évanouit et se dire j'ai mangé du poisson, des pâtes à la tomate, et le monde à nouveau aurait un sens. À nouveau il aurait des repères. Mais non, rien. Elle reste muette, et elle le regarde avec un sourire doux et fatigué. Elle attend qu'il ait fini pour débarrasser et ranger la cuisine, en silence.

Hier soir, il est allé dans la salle de bains, il a fermé la porte à clef et il a vomi en se mettant une main dans la bouche et en se chatouillant la glotte avec les doigts. Il a dû pousser la main jusqu'au fond et planter ses dents sur le dos de la main pour parvenir à se vider. Un vomi vert, spongieux. Des épinards. Maintenant il était rassuré. Des épinards, il avait mangé des épinards. Petit, il raffolait des épinards. Sa mère lui racontait l'histoire de Popeye, un dessin animé de son enfance, un marin tatoué, la pipe à la bouche, c'est ça, Popeye, il lui suffisait d'ouvrir une boîte d'épinards en la pressant entre ses doigts, il se les faisait gicler dans la bouche et aussitôt il devenait hyper-costaud et il dégommait tous ses adversaires.

Martina regarde fixement son assiette, sans lever les yeux une seule fois. Ils restent silencieux tous les trois, sa mère se lève pour changer les assiettes, mettre la viande sur la table, elle déplace les casseroles, lisse la nappe à petits coups secs et nerveux, son père porte sa fourchette à la bouche, à un rythme rapide. Tous ces gestes qui tourbillonnent devant son visage lui donnent mal à la tête : des mains qui prennent le pot à parmesan râpé, la salière ou la poivrière, la bouteille d'eau, qui rompent du pain, mélangent, coupent, remélangent, déplacent.

Ce soir, œufs au plat et salade, la nappe à fleurs noires et rouges, les verres à pied, si difficiles à manier sans dégâts.

Martina mange sans respirer. Ses parents ne parlent pas beaucoup non plus, ils semblent fatigués. À dire la vérité, on dirait toujours qu'ils sont fatigués et qu'ils n'ont jamais le temps. On dirait que personne n'a jamais beaucoup de temps, même pas les enfants.

Pourtant ils en ont eu du temps, elle et ses amis.

Après dîner, elle est retournée dans sa chambre, elle a fermé la porte et s'est assise à son bureau.

En bas, sur la place, il n'y a personne, inutile de se faire des illusions. On entend le bruit des cyclomoteurs autour de la baraque à glaces après le virage, mais ce ne sont pas ses amis.

Dehors, un vent léger agite le maïs dans le champ et les ombres épaisses s'allongent sur la bande de pelouse devant l'immeuble.

Martina feuillette le cahier des rédactions de l'année passée, avec des dessins à la fin de chaque devoir et l'évaluation signée au stylo rouge par la maîtresse : Très bien, Bravo, Talent descriptif, Attention à la ponctuation !

Entre les pages il y a des dessins : un chien enfermé dans l'enclos, une fleur bleue dans un vase, une décharge avec des mouettes volant en rond au-dessus des détritus, une cheminée rouge et bleu.

Bravo, Beaucoup d'imagination aussi dans les représentations graphiques.

Elle continue à lire, feuilletant les pages du cahier, mais elle ne parvient pas à fixer son attention. Son regard se lève continuellement, il franchit la fenêtre en tentant de traverser le champ dans l'obscurité pour arriver au bout.

Traverser le champ, encore, dans l'obscurité, les yeux accoutumés à distinguer les bandes plus claires du terrain, d'une culture à l'autre. Les fossés, les canaux d'irrigation. Les bâches blanches qui protègent quelque culture fragile : d'énormes chenilles, laiteuses, à la panse gonflée.

3.

Jusqu'à l'année dernière, c'est sa mère qui donnait son bain à Martina. Elle remplissait la baignoire d'eau chaude, vérifiait la température en trempant la main, et faisait entrer la fillette dans l'eau en la poussant par les épaules. Elle la savonnait avec une éponge — toujours de la même qualité, de la même marque : rose, grande, à gros trous, moelleuse — sur toute la surface du corps, énergiquement.

Martina pendant ce temps regardait par la fenêtre. Une fenêtre étroite, par où on ne voit que le ciel. Elle fixait les vitres sans rideaux, tandis que sa mère répétait semaine après semaine des gestes identiques, impersonnels et pratiques. Savonner, frotter, rincer la mousse avec une main, rincer encore, plus soigneusement, tous les recoins cachés, récurer avec soin les parties saillantes, coudes et genoux, toujours incrustés de terre et de poussière.

Parfois, elle se souvient d'avoir entendu sa mère chanter, sans paroles, en faisant simplement jaillir de sa gorge un son mélodieux et tranquille, absent. Martina regardait dehors : un nuage, deux, trois, pluie, neige, ombre, lumière.

Après, enveloppée dans une tornade de talc, elle attendait

assise sur la cuvette fermée des W-C que sa mère revienne avec les habits propres et regardait le miroir couvert de buée. Elle ne se posait pas de questions sur son corps, ne se regardait jamais. Elle regardait le ciel et le miroir, et écoutait la voix de sa mère, en attendant la fin de l'intrusion.

Maintenant c'est différent. Elle prend son bain toute seule, avec la porte fermée à clé malgré les hurlements de son père et les prières insistantes de sa mère. De l'eau presque froide, été comme hiver, plus de nuage de vapeur ni de talc. Son corps maigre exploré avec suspicion dans le miroir. La peau transparente, les os saillants, le ventre à peine arrondi, les jambes maigres, le triangle doux de peau satinée, sans poils, entre les cuisses, ce triangle fendu qu'elle a reproduit obsessionnellement, en le dessinant avec un feutre Pentel à grosse pointe, sous la jupe de toutes ses poupées, y compris Mafalda, un vestige de l'adolescence de sa mère.

Sur le lavabo de la salle de bains, un petit flacon de Diorissimo. L'odeur maternelle. Pour toujours, l'odeur de cette pièce, de cette fenêtre et de cette vue ouverte sur le ciel. Muguet. Une odeur simple et blanche. Délicieuse, à s'évanouir. Pour toujours, l'odeur de ses dix ans. De toute cette histoire.

Même maintenant qu'il n'y a pas école, Martina se réveille à la même heure que ses parents et déjeune avec eux.

Assise en silence sur une chaise, celle qui est tournée vers la fenêtre, coincée entre le frigo et la machine à laver la vaisselle, elle regarde les boîtes alignées sur la table : Choco pops, Miel pops, Spécial K, All Bran. Boîtes de carton colorié couvertes de dessins : un ours déguisé en laitier, un lion avec un chapeau, un tigre maousse, une femme en maillot de bain rouge qui saute sur une plage. Il y a tout : l'assiette avec le beurre à étaler sur le pain grillé, la brique de lait déjà ouverte enfilée dans un porte-brique en plastique jaune canari, le sucre blanc et le sucre roux dans deux ramequins blancs, les sucrettes, les tasses de tailles diverses pour le lait, le café, les céréales. Les cuillères. Le petit pot de marmelade d'oranges, les sachets de thé de couleurs variées dans une coupelle. Sa mère n'oublie jamais ces choses-là.

Martina a les bras appuyés sur la table, comme pour protéger sa tasse. Elle n'a pas faim. Une douce fatigue dans les yeux, comme si ses paupières étaient collées. La tête lourde de rêves monstrueux : navires en flammes qui échouent sur des plages, poissons gigantesques qui ouvrent des mâchoires dentées en crachant une eau noire. Trop de dessins animés ou peut-être trop d'obscurité absorbée en regardant les champs noirs par la fenêtre, la nuit, avant de dormir. Le son lugubre de la moissonneuse qui a commencé à dégarnir les champs, à les dépouiller, ça dure toute la nuit, en tout cas jusqu'à ce qu'elle s'endorme. Après, il y aura beaucoup de terre nue. Terre grise et vide, un grand espace tout autour.

Quand le maïs s'agite sous le vent, le matin, un son magnifique et effrayant pénètre dans la chambre. Une sorte de voix. Martina se réveille avec cette voix qui souffle autour d'elle, qui entre par la fenêtre. Ça a toujours été ainsi, mais cette année plus que jamais. Cet été est différent.

Dormir est devenu difficile. Les yeux fermés sont traversés d'éclairs continuels, de détails qui grandissent jusqu'à exploser en elle. Des heures et des heures immobile dans le lit à tenter de se laisser aller, de neutraliser ces élancements douloureux dans les yeux. C'est très dur. Mais finalement le sommeil vient. Il vient d'un seul coup et on dirait que le matelas s'ouvre, qu'il se fend par le milieu pour la laisser tomber dans un lieu silencieux où son corps flotte sans poids, enveloppé dans un drap. Une longue chute sans atterrissage.

Il vaut mieux rester éveillée, malgré tout. La nuit est pleine de trous. Parfois, on dirait que des routes s'ouvrent là-bas, au bout du champ, d'imprévisibles gouffres où l'on risque de tomber pour ne plus revenir, de tomber rien qu'à les regarder.

La nuit, c'est comme si toutes les choses lui sautaient dessus, en se matérialisant dans l'obscurité. Les paroles de sa mère, la ride sur le front de son père quand il est fatigué, les gestes doux qu'elle aurait voulu faire et qu'elle n'a pas faits.

Les yeux de Matteo certains matins à l'école quand il regardait dehors par la fenêtre au lieu de jouer avec ses camarades.

Les petits bras de Greta sur le pupitre.

Les yeux de Mirko qui se serraient fort comme pour pleurer.

C'est comme si tout le malheur des personnes qui l'entourent et qu'elle aime s'abattait sur elle, lui passait dessus avec des milliards de pieds et de mains. Un autobus l'écrase sous ses énormes roues. Comme si c'était sa faute, ou comme si elle pouvait y faire quelque chose, le faire passer, ce malheur, le faire voler comme de la poussière. Mais elle n'a que dix ans, et à dix ans on n'a pas assez de force.

Martina n'a pas d'amie de cœur. Elle n'en a jamais eu. Les amis vont et viennent. Ils durent une saison, ensuite on se lasse. Et puis, elle n'est jamais toute seule avec quelqu'un. Elle aime le groupe plus que tout. Dans le groupe tu peux te cacher, tu peux rester silencieux, comme si tu étais seul, et personne n'y fait attention. Il suffit de rire aux plaisanteries des autres, de les suivre quand ils bougent, de s'arrêter quand ils s'arrêtent. Facile. Comme de rester seule dans sa chambre.

Elle est petite, sa chambre, avec une fenêtre grande ouverte sur les champs, les livres répandus sur le lit, les poupées les plus vieilles jetées dans un coin, monstrueuses, cheveux taillés et teints avec des feutres fluorescents, les feutres tout neufs qui sont sur la commode.

Sur le lit, au milieu des livres, en silence, les mains croisées derrière la tête, les yeux fixés sur la ligne bleue du ciel, au-dehors. Et les voix de ses parents mêlées à celles de la télé, ce maudit Gabibbo, les animateurs débiles, son père qui monte le son et sa mère qui se plaint. Mais elle dans sa chambre, avec les livres épars, la musique. Seule.

Avant, l'été, quand Martina était toute petite, il y avait Cristina. Cristina avait des yeux bleus de poupée, et elle portait toujours avec elle une sorte de petite malle rose contenant les habits de sa Barbie. Elle les étalait tous sur un morceau d'étoffe, à même le trottoir, et disait maintenant on joue à la marchande, mais elle se fatiguait presque tout de suite et les remettait dans la mallette, soigneusement pliés.

Cristina connaissait des tas d'histoires et elle les racontait aux petits, assis par terre autour d'elle et à ses habits de poupée. Et puis Cristina est partie, elle a dit qu'elle allait habiter au bord de la mer, à Turin, non, à Gênes. À Turin il n'y a pas la mer.

Les petits ont grandi, ils ont oublié les histoires que Cristina leur racontait, et maintenant qu'ils sont grands, ils racontent de temps à autre une bande dessinée aux petits, une aventure de Dylan Dog, les filles un épisode de Premiers Baisers ou de Baywatch, mais les petits sont trop petits et ils s'ennuient, ils voudraient de vraies histoires, mais les grands n'en connaissent pas.

Sa mère l'appelle toujours une seule fois. Un seul appel, sec et rapide : Martina ! Et que ça saute. À la maison, la télé allumée. Le soir, pendant le repas, le journal de TV5 et puis Striscia la Notizia [1]. Martina regarde son père qui rit. Elle, ça ne la fait pas rire du tout. Gabibbo, ce monstre rougeaud et surexcité. La musique, tout en trompettes et mugissements. À vomir. Et pourtant il rit.

Il y a deux mois, il lui a dit qu'il était temps d'ôter ses sandales, avec cette chaleur, c'est antihygiénique. Il a dit ça comme ça. Martina sort avec ses spartiates en cuir à lanières, celles avec les semelles plates qui dérapent et qui font trébucher, et quand elle est sur le palier elle se change et met les sandales et les socquettes cachées dans son sac.

Martina ! Une seule fois, et pas de discussion. Mais maintenant c'est différent. Maintenant Martina oublie parfois de changer de chaussures quand elle arrive sur le palier. Elle

1. Émission télévisée satirique. *(Toutes les notes sont du traducteur.)*

reste immobile devant la porte, avec le sac sur les épaules, et elle tente de se rappeler ce qu'elle doit faire, mais les pensées se bloquent, elles s'enfuient. Là-bas. Par moments, elle voudrait fuir au milieu du champ, et disparaître.

Tout droit pendant cinq minutes en plein champ. Toujours tout droit, en suivant la ligne que dessine la clôture de l'usine au loin sur la droite. Encore tout droit, dans le fossé, avec les grenouilles et les grillons. Au milieu des orties et des fleurs jaunes et violettes. Jusqu'à la fin.

4.

Un après-midi, il y a environ cinq mois, en avril, Mirko est arrivé avec quelque chose caché sous son blouson. Les grands se sont rassemblés autour de lui, en chuchotant avec des airs mystérieux. Les petits se tenaient autour d'un banc, à parler de nourriture pour chien, et ils ne les ont même pas regardés. Martina était à mi-distance entre les deux groupes, en équilibre sur une sandale, dans la position de la grue. Indécise. Greta est venue vers elle, elle l'a un peu poussée, mais sans la faire tomber, elle a souri, avec son fameux Sourire De Greta qui enchante tous les vieux de l'immeuble, ce qui fait que c'est toujours elle qu'on envoie demander, prier, s'excuser. Martina l'a regardée dans les yeux, des yeux de poupée, elle aussi, comme Cristina, et elle a souri. Elle s'est souvenue de l'an dernier, pendant les vacances de Noël, quand Greta l'a invitée chez elle pour préparer les décorations à suspendre à la porte d'entrée de l'immeuble. Sur la grande table de la cuisine, entre les feutres, les feuilles de papier, les ciseaux à bouts ronds et les pots de colle, pendant un instant très bref, la main de Martina a effleuré celle de Greta. Un geste simple, comme ça, sans motif. Greta a souri avec son Sourire De

Greta. Et Martina a pensé qu'il était pour elle, et qu'elles étaient amies. Que même si Cristina n'était plus là, elle avait de nouveau quelqu'un sur qui compter. Mais Greta sourit toujours de la même façon, à tout le monde.

Les grands avaient fait des messes basses pendant quelques minutes, et puis ils s'étaient dirigés en toute hâte vers le coin où sont rangés les vélos et les cyclomoteurs et ils étaient partis en faisant du bruit et en soulevant de la poussière, en se criant les dernières indications. Martina avait vu leurs silhouettes s'amenuiser sur la route qui mène vers la campagne. Ils allaient probablement au refuge secret, une cabane abandonnée à quelques kilomètres de là, où les petits et les filles ne sont jamais allés.

Depuis cet après-midi-là, c'était devenu une sorte de rite mystérieux. Un rendez-vous. Ça ne se produisait pas tous les jours, mais parfois Mirko arrivait avec une expression étrange sur la figure, et les autres se rassemblaient autour de lui quelques minutes avant de partir tous ensemble à la cabane. Ils se serraient en cercle, épaule contre épaule, leurs têtes s'effleuraient, et les mots qu'ils échangeaient restaient prisonniers au milieu. C'était un signe rapide de la tête de Mirko qui les faisait sauter en selle. Ils avaient tous des visages un peu sinistres, des têtes de conspirateurs, ils regardaient autour d'eux avec des mouvements nerveux pour vérifier que personne ne les observait.

Cette disparition collective a duré à peu près deux mois, et puis il est arrivé quelque chose, la bande s'est scindée, la majeure partie des enfants est retournée aux occupations habituelles, par petits groupes. Rassemblés autour de Mirko, fidèles parce que élus : Luca, tout juste quatorze ans, et Matteo, dix ans.

Martina n'a jamais su ce qui s'était passé, pour quelle raison le groupe si nombreux s'est réduit à trois. Ils n'en ont jamais parlé. Peut-être que les autres, tout simplement, n'étaient pas intéressés par ce que Mirko avait dans la tête, peut-être qu'ils s'ennuyaient, ou qu'ils n'étaient pas prêts, ou pas adaptés.

Matteo lui aussi est passé en cinquième [1] cette année, mais dans une autre section. Sa salle de classe était en face de celle de Greta et Martina, et les deux classes étaient jumelées. Le jumelage était une idée fixe de la maîtresse, elle ne parlait que de ça, une sorte d'obsession.

Le bourg où nous habitons, disait-elle, est jumelé avec un autre bourg situé en France, un joli bourg comme ceci et comme cela et bientôt les enfants de leur école viendront nous rendre visite.

Mais personne n'est jamais venu et personne ne se rappelle jamais le nom de ce bourg jumeau perdu au milieu de la campagne française.

Avec l'autre cinquième, cependant, le jumelage était sérieux : ils allaient ensemble en excursion, au théâtre, au musée. Cinquième E et cinquième F. Toujours unies, sur toutes les circulaires, y compris celles de réprimande et d'intimidation, parce que depuis le début, depuis le cours préparatoire, ces deux classes avaient toujours été les plus turbulentes de l'école.

1. Cinquième : équivalent du CM2.

Pendant toute l'année, Matteo a passé son temps libre devant la fenêtre. Il regardait le jardin, les deux toboggans jaunes, les jeux colorés, les balançoires en bois vert avec les petits sièges et l'axe central peint en orange. Les grands arbres tout autour. L'enseigne rouge et jaune de la pizzeria de l'autre côté de la route. Les voitures qui passaient ou qui s'arrêtaient au croisement. Il regardait dehors, de temps en temps il feuilletait une BD en mangeant son goûter, ou il dessinait sur un bloc-notes. De toute l'année, il n'est pas descendu une seule fois dans la cour avec les autres. Avant, c'était différent, il restait dans la grande cour en hiver et dans le jardin en été, à jouer au ballon ou à plaisanter. Cette année, ça ne lui faisait plus envie. Les mots restaient prisonniers quelque part en lui. Descendre avec les autres aurait été trop pénible : choisir les mots pour s'introduire dans les conversations, moduler ensuite sa voix en fonction des paroles qu'il aurait décidé de prononcer, participer aux blagues, rire. Non, il n'avait envie de rien. Ses yeux, en revanche, glissaient sans effort sur les objets visibles depuis la fenêtre, ils suivaient le défilé des voitures ou le balancement lourd des branches devant les vitres.

Greta et Martina, pendant quelques mois, avaient continué d'aller le chercher, dès que la cloche sonnait et que les portes s'ouvraient, elles filaient dehors, ensemble, et passaient la tête par la porte de sa classe pour l'appeler, comme toujours, comme les autres années. Il se retournait à peine, essayait de sourire, mais il devenait rouge et elles, embarrassées par sa timidité, couraient au-dehors. Et puis elles avaient arrêté, peu après. Elles avaient oublié.

L'après-midi, sur la place, ce n'était plus pareil. Mirko était là, à commander, et si Mirko l'avait choisi, s'il l'avait tout de suite inclus dans le cercle de ceux qui pouvaient savoir les choses, il devait bien y avoir une raison : lui seul, parmi les petits, avait le privilège de monter sur le scooter de Mirko et de participer aux jeux secrets dans la cabane.

C'était peut-être justement parce qu'il restait muet, parce que les mots n'avaient pas prise sur lui. Ils glissaient. Son silence, comme celui de Martina, était une eau profonde et sombre où flottaient beaucoup de choses. Toutes silencieuses.

Mirko parlait peu, lui aussi, mais son silence était différent. Il donnait des ordres secs, précis. Sans ajouter d'explications. D'une voix précise et ferme, sans vibrations, une voix aux accents métalliques pareille à celles des répondeurs téléphoniques. Peut-être qu'il muait, et qu'il ne savait pas la contrôler.

Luca, lui, parlait sans arrêt, il racontait des blagues, plaisantait à tout propos. Luca a toujours été un bruit de fond, comme une radio allumée, même chez lui, même quand il était bébé ses hurlements et ses chansons se répandaient dans tout le quartier.

Luca et Mirko s'étaient disputés, un jour, à propos de Matteo. Luca en avait marre d'avoir toujours cet avorton dans les pattes. Il était trop petit, et les petits ne savent pas tenir leur langue, tout le monde le sait, ils racontent tout, ils ne gardent rien pour eux. Il était dangereux. Avec les autres, c'était différent. Ils avaient fait des choses ensemble et ils s'étaient même bien amusés, et puis voilà, chacun avait suivi sa voie, mais ils n'iraient rien dire à personne, sûr et certain. En revanche il fallait des filles, ça oui, on risquait de vite s'ennuyer, sans elles. Elles risquaient de parler elles aussi, c'est vrai, mais on pouvait toujours leur faire peur, les menacer, et puis les filles sont toujours contentes d'être prises en considération par des garçons plus grands qu'elles. Mais ce crétin de gamin à quoi il servait, merde, qu'est-ce qu'on allait faire avec lui ?

Ils étaient là, sur la place, assis sur un banc, tandis que les autres couraient dans tous les sens en se hurlant dessus.

Luca avait parlé pendant cinq bonnes minutes, faisant la liste de tous les ennuis que la présence de Matteo pouvait engendrer. Mirko l'avait laissé parler, et puis il l'avait fait taire d'un seul coup, avec une expression qui ne donnait place à aucune réplique. La discussion était close. Matteo venait. Point. Luca s'était énervé pendant deux minutes, et puis ça lui avait passé.

Luca a une sœur plus grande qu'il aime espionner. Ça lui a toujours plu. Il ne se rappelle pas un seul jour, depuis qu'il a eu l'âge de comprendre, sans embuscade, sans stratagème, sans attente. Sa sœur a six ans de plus que lui, et un jour d'été, d'un seul coup, après l'avoir espionnée pendant des années et des années sans rien à signaler, elle est devenue très grande et très belle, avec des cheveux très blonds et très bouclés et deux seins gigantesques. À partir de ce jour-là elle a commencé à sortir avec un garçon et puis avec un autre et puis un autre encore. Et à se laisser embrasser dans les voitures devant la maison, la nuit. Avec Luca planqué à sa fenêtre en train d'espionner. Une fois il était allé un peu trop loin — il s'était caché dans le coffre de la Panda et avait joué les passagers clandestins lors d'une partie de campagne avec le fiancé du jour — et sa sœur, en rabattant le siège pour se mettre à l'aise, l'avait découvert et poursuivi à travers champs en brandissant un bâton long et dur, avec la ferme intention de le lui appliquer sur le cul.

Quand on a une sœur plus grande à espionner, on apprend énormément de choses. Lui, le truc des règles il l'avait connu tout de suite, et mieux que les autres, il avait même volé les serviettes hygiéniques dans la poubelle de la salle de bains pour en vérifier les variations chromatiques et olfactives au fil des heures. Pour comprendre si c'était vraiment du sang, ou alors quoi.

Quand on a une sœur plus grande, à force de fouiller pendant des jours des mois des années dans les tiroirs à linge, on connaît par cœur les tailles des culottes et des soutiens-gorge et surtout on a une idée exacte et empirique de comment est faite une chatte. À tous les stades : sans poils, avec du duvet, avec de vrais poils, épilée, rasée.

C'est peut-être pour ça que Luca n'a jamais eu peur.

5.

Un après-midi, Martina et Greta avaient été invitées. Le ton de Mirko était solennel, obséquieux : il avait dit que certaines choses, même les filles devaient les savoir, et il avait demandé si elles voulaient voir la cabane.

Il n'avait pas eu besoin d'ajouter quoi que ce soit, Martina était aussitôt grimpée à l'arrière du scooter, sans même répondre. Les yeux brillants et inquiets, Greta avait pleurniché, posé des questions, demandé des détails, minaudé. Et puis elle avait compris qu'il n'y avait rien à faire, que les autres avaient déjà décidé, et elle était montée à son tour sur l'engin en s'agrippant à la taille de Luca. En grimpant, sa jupe jaune avait laissé entrevoir pendant une fraction de seconde un mini-triangle blanc bordé de dentelle.

Matteo les suivait à vélo, appuyant sur les pédales avec les muscles longs de ses jarrets tendus dans l'effort, ses cheveux mouillés de transpiration collés sur le cou. Toujours sa casquette de basket rouge à visière vissée sur sa tête. En danseuse, pour mieux pousser avec les jambes.

Pendant le trajet en scooter au fil des virages doux, les yeux pleins du jaune et du vert des champs, Martina avait pensé à beaucoup de choses, elle s'était souvenue d'un rêve récent, Mirko et elle couraient dans les couloirs de l'école, la nuit, poursuivis par quelqu'un, et il y avait une fenêtre très haute d'où tombait une lumière étrange, Mirko prenait Martina par la taille et la soulevait jusqu'à la fenêtre, elle regardait dehors et le dehors était un dedans, une chambre avec des colonnes de marbre et une piscine au milieu, remplie d'une eau d'un bleu profond, artificiel. Elle avait aussi pensé à Greta, à son sourire, à sa main lisse et tiède sous les doigts, au triangle secret sous la jupe jaune. Puis une pensée minuscule et rapide lui avait traversé l'esprit : se trouver la nuit, au milieu des champs, avec Mirko et ne pas avoir dix ans.

La cabane est située au milieu de cultures d'herbe médicinale, assez loin du bourg, en direction de Vigorso. Cinq minutes en cyclomoteur, quinze ou vingt à bicyclette. Dehors, par terre, les empreintes de nombreuses roues différentes, un foyer improvisé avec des broussailles et des branchages secs, délimité par des pierres noircies. Des bouteilles cassées, des ordures. À l'intérieur, des coussins, des tapis étendus sur la totalité du sol, une table endommagée et bancale, un magnétophone portable, des bougies à moitié consumées dans une petite assiette en céramique. Un lit immense constitué de trois matelas de tailles différentes placés côte à côte. Des bouts de draps dépareillés et des couvertures de couleur par-dessus. L'unique fenêtre est en haut, au milieu du mur du fond. La fenêtre de son rêve.

Tous les objets ont été apportés par les garçons, au début, quand ils venaient nombreux ici, et qu'ils avaient des idées grandioses de transformation de ce taudis en une sorte de Salle des Fêtes. Tout près, il y a une décharge où les gens se débarrassent de leurs vieux matelas, de leurs fauteuils, des objets usagés. C'est un renfoncement en terre battue au bord de la route de Vigorso, au croisement avant l'hôpital. Quand on y passe, il y a toujours quelque chose, puis ça disparaît et le jour d'après il y a quelque chose d'autre. Une sorte de brocante secrète pour des gens qui ne doivent pas être bien riches. Ils ont tout pris là. Les matelas, c'est Paolo qui les a portés, le frère de Mirko, avec sa Golf. Parfois, en échange d'un service, il vient ici baiser avec sa copine et il veut que tout le monde dégage pendant quelques heures. Les autres dégagent, oui, derrière la cabane, pour écouter les bruits, et quand c'est possible, espionner par une fente.

La fille ne se déshabille jamais complètement, une fois ils l'ont vue qui écartait les jambes assise sur la table relevant sa jupe et elle serrait Paolo entre ses cuisses pendant qu'il remuait contre elle. Ils s'embrassaient toujours beaucoup et puis ils riaient, ils avaient l'air de s'amuser, on aurait dit que quand ils étaient ensemble là-dedans ils ne se souciaient plus de rien d'autre.

Les doigts de Martina serrés sur ceux de Greta. De nouveau, longtemps après.

Mirko et les deux autres parlaient entre eux, à voix basse. Puis Luca était venu vers le lit où elles étaient assises et leur avait dit de se préparer parce que maintenant elles allaient voir des choses nouvelles, des choses que deux gamines ne pouvaient certainement pas imaginer.

Ils s'étaient tous assis sur les matelas, en cercle. Mirko avait ouvert le sac lentement, ses grandes mains un peu gauches s'emmêlaient dans les cordelettes en tirant sur la fermeture. Il avait plongé un bras à l'intérieur et en avait sorti un paquet de revues. À première vue, avec leurs couvertures en carton fin et brillant et leurs couleurs criardes, on aurait dit des bandes dessinées. Il les avait empilées sur le matelas, au centre du cercle.

Sur la première couverture : une fille genre poupée avec des bottes roses et un body tendu sur deux seins grands comme des melons, les pouces enfilés sous les bretelles fines et la bouche entrouverte sur des dents régulières et brillantes de salive.

Mirko n'avait rien fait de plus, il avait laissé Luca tourner les pages. Il avait allumé une cigarette, et il le regardait droit dans les yeux, avec un sourire amusé. C'était différent, maintenant, avec les filles. Ce n'était plus comme avant, quand ils étaient entre eux, rien que des garçons, chacun occupé à se toucher le machin. Mirko s'amusait à voir le regard désemparé de Luca, il lui donnait des tapes.

C'est toi le maître d'école, ouvre, explique… fais voir les pages.

Oui… d'accord… attends un peu…

Luca avait passé une main sur son crâne rasé, il tirait son maillot entre le pouce et l'index pour le détacher du cou, il transpirait, il avait presque du mal à respirer. Greta et Martina étaient assises, silencieuses, se donnant la main, en attente. De temps en temps elles se regardaient et Greta laissait échapper une sorte de rire, aigu et bref. Elle serrait plus fort la main de Martina tout en tirant avec l'autre main sa jupe plus bas sur ses cuisses. Matteo restait immobile, les mains sur les genoux, et il détachait ses yeux des photos toutes les deux secondes pour regarder Martina.

La revue était brillante, avec de grandes pages très colorées. Il y avait des hommes et des femmes. Nus. Les femmes avaient entre les jambes des triangles de poils fournis. Sous les poils, elles s'ouvraient comme des fruits tranchés en deux. Les hommes avaient un machin grand et droit qu'ils poussaient dans l'ouverture des femmes. Les expressions sur leurs visages, Martina n'en avait jamais vu de pareilles. Mais elle éprouvait un frisson familier entre ses cuisses, un frisson qu'elle sentait depuis longtemps déjà le soir dans son lit, avec les livres et les poupées autour d'elle, sans savoir ce que c'était. Un frisson doux. Puissant. Rapide. Il suffisait de passer les doigts sur ce petit endroit, vite, pour le déclencher.

Qu'est-ce que ça avait à voir avec tout ça ? Sur les revues il y avait des corps qui faisaient des choses étranges ensemble, s'assemblant dans des positions incroyables, comme des pas de danse acrobatique. Sans le silence concentré et la solitude, cela n'avait pas de sens. Ils étaient beaux à voir comme des sculptures vivantes, mais ils étaient dégoûtants, aussi : l'humidité de la sueur sur la peau et les traînées de salive brillante quand ils s'embrassaient faisaient venir la chair de poule et procuraient une sensation de moiteur pénible.

Martina s'était levée du lit et approchée de la table, elle avait appuyé les mains sur la surface de bois rugueuse et fait glisser ses doigts sur les échardes, légèrement, pour qu'elles ne s'enfoncent pas sous la peau.

Sur la table une des revues était ouverte à la page centrale, mais les yeux de Martina regardaient seulement le bord échancré de la table. Elle attendait qu'il se passe quelque chose, que quelqu'un prononce un mot, mais tout le monde restait muet et le silence, même celui des champs dehors, lui faisait peur.

Mirko s'était approché. Il avait fait quelques tours sur lui-même, une sorte de danse avec des pirouettes. Lentement, il avait tendu les bras jusqu'à toucher du bout des doigts les épaules de Martina. Elle n'avait pas bougé, les yeux fixés sur la double page centrale de la revue posée sur la table, une femme blonde et superbe qui tenait ses seins entre ses mains et regardait droit dans l'objectif. Elle avait esquissé un sourire avec le coin droit de la bouche, et écouté la respiration de Mirko toujours plus proche de son cou, lui aussi les yeux fixés sur la photographie et les mains serrées sur ses épaules. Martina avait pensé alors que c'était bon, que c'était bon de sentir sa respiration si proche, et ses mains chaudes et humides, mais à peine, sur l'étoffe légère de sa chemise.

Les deux autres garçons s'étaient allongés sur les matelas et fumaient une cigarette en feuilletant d'autres revues du même genre. Ils ne se parlaient pas, ne se regardaient pas, la main de l'un attendait simplement un signe, un mouvement de la tête de l'autre, guetté du coin de l'œil, pour tourner la page. À plat ventre, ils remuaient les jambes, balançant leurs chaussures de basket. Matteo prenait la cigarette et la posait sur sa bouche en tirant à peine, les paupières serrées. Luca tournait les pages lentement, une à la fois.

Une femme aux jambes écartées allongée sur une plage, les yeux bleus fixés sur l'objectif, un sourire figé et la peau bronzée et brillante d'huile solaire. Les poils rasés partout, rien que de la peau luisante et lisse. Une autre à genoux, les mains appuyées par terre et le derrière soulevé, un short en jean déboutonné laissant entrevoir un petit triangle brun, les seins fermes et pâles.

Matteo regardait à travers la fumée, les yeux serrés, le cœur battant. Il avait vu ce qui se passait entre Mirko et Martina, au fond de la pièce, mais il ne comprenait pas. Il aurait fallu qu'il se tourne complètement et qu'il regarde attentivement pour saisir le mouvement du bras de Mirko et de sa main se faufilant dans le pantalon. Mais il ne pouvait pas. Ce n'était pas le moment. Et ce n'était pas à lui, pas même à Luca, de décider.

Greta s'était assise à un angle du lit et elle secouait la tête en rongeant avec patience et précision l'ongle de son index gauche. Le regard vague, fixé sur un angle abîmé de la table, devant elle.

Elle avait à peine senti ce geste, Martina, une simple ondulation de la main, un mouvement insignifiant, imperceptible. Et puis elle avait regardé mieux, et elle avait vu. Roulant la tête en arrière vers Mirko et tirant le regard vers l'extrême bord de l'œil, au point de sentir une pointe de douleur. La main gauche de Mirko tenant fermement une épaule, la droite, à l'intérieur du pantalon, serrée sur quelque chose, un morceau de chair rose et gonflée. Il faisait aller et venir sa main lentement, d'avant en arrière, et l'extrémité de la chose effleurait sa fesse gauche.

Elle n'avait rien dit, était restée immobile, les mains serrées sur le bord de la table, les échardes plantées dans ses paumes, les bras douloureux dans la tension de l'effort.

Greta, toujours l'index à la bouche, le regard fixé sur l'angle de la table.

C'est à ce moment que Luca s'était levé du lit en enlevant son tee-shirt et son pantalon couverts de poussière. Il s'était approché de Greta avec sa démarche chaloupée, un peu gangsta-rap, se balançant sur ses baskets vert fluo.

Il avait été assez rapide, il s'était mis à genoux juste devant Greta, enserrant le visage de la fillette dans ses mains en approchant sa bouche et en sortant toute sa langue dès que leurs lèvres s'étaient touchées. Greta avait tenté de détourner la tête, elle avait gémi quelque chose, elle cherchait à se dégager en forçant sur les épaules du garçon, mais lui aussi poussait. Alors elle s'était rendue, elle était restée immobile la bouche ouverte avec cette langue dure et dardée qui entrait et sortait en se frottant sur ses dents.

Luca avait ouvert la fermeture Éclair de son pantalon et enfilé une main dans son slip, il avait continué comme ça pendant un moment, et puis il s'était détaché de Greta et il était resté à genoux, faisant aller et venir sa main, les yeux à demi fermés. Une main serrée sur le genou pointu de la gamine, qui maintenant le fixait en silence, abasourdie.

Le trajet de retour : Martina agrippée à Mirko sur le scooter, avec la sensation désagréable d'avoir perdu quelque chose, d'avoir oublié quelque chose et de n'y pouvoir absolument rien. Toute cette campagne autour et cette chose oubliée, ou perdue.

C'était la première fois. La première fois dans la cabane. La première fois qu'a commencé à exister cette chose différente, cette chose qu'ils étaient ensemble, à l'abri des regards.

6.

Le lendemain, à l'école, Martina et Greta ne s'étaient pratiquement pas adressé la parole. Elles avaient cours d'italien pendant les deux premières heures, et la maîtresse lisait à voix haute les devoirs qu'elle avait donnés à faire à la maison la semaine d'avant.

L'école était pleine de petits papiers et de dessins accrochés aux murs et aux fenêtres. Les jours gris d'hiver, l'école élémentaire offrait aux regards des passants une explosion de couleurs absurdes et violentes qui lançaient des signaux à travers les vitres. Dans leur classe, en haut, juste au-dessus de la tête de la maîtresse, une carte d'Europe était suspendue, immense et un peu défraîchie. Au feutre rouge, après discussion entre eux et avec la maîtresse, sur fond de passe-moi le feutre et de je l'avais dit avant, ils avaient tracé un cercle sur tous les endroits où ils étaient allés. Des petits cercles, il y en avait un beau paquet, du haut en bas de l'Europe, et quelqu'un avait émis le soupçon que beaucoup de ces lieux avaient été visités en rêve.

Martina gardait les yeux fixés au-dessus de la tête de la maîtresse, sur la carte géographique pleine de petits cercles rouges, cherchant à se rappeler les noms des capitales européennes dans l'ordre alphabétique.

Martina aime les cours d'italien plus que tout. L'histoire lui plaît aussi, mais l'italien davantage. Elle est la meilleure de la classe, même en grammaire ; son point fort, c'est l'analyse logique. Martina lit un tas de livres, ses camarades non. Greta non plus : elle aimait encore ceux avec des images, pour les petits. Ou les bandes dessinées, mais même celles-là elle avait du mal à les lire, elle feuilletait rapidement les pages, en regardant juste les illustrations. Martina avait essayé de lui faire lire quelque chose, elle lui avait prêté un livre qu'elle avait lu depuis peu et qui l'avait attirée surtout à cause de la couverture : on y voyait ces deux drôles d'enfants, un frère et une sœur qui se ressemblaient beaucoup — à part qu'elle était très grande et très maigre et lui petit et rond, tous les deux portant un immense maillot à rayures blanches et noires qui arrivait aux genoux de la fille, et couvrait à moitié le visage du garçon. Ils couraient en tenant à la main une grosse cuillère, La Cuillère de Météorite, tandis qu'un volcan faisait éruption dans leur dos. Martina avait pensé que ce livre était suffisamment simple et amusant, avec ces deux enfants complètement tordants et leurs parents qui se disputaient en permanence : Monsieur et Madame Ton.

Greta l'avait gardé pendant deux mois, et quand Martina lui en avait demandé des nouvelles, Greta ne se souvenait même plus qu'elle le lui avait prêté. Il était encore dans le pupitre, à l'école, caché sous une pile de photocopies d'exercices de mathématiques.

Pendant l'heure d'italien, tandis que la maîtresse lisait les devoirs des enfants et expliquait des points de syntaxe, Martina et Greta étaient restées immobiles, les mains appuyées sur le pupitre, symétriques, la tête droite et les yeux fixés sur la bouche de la maîtresse ou un peu au-dessus de sa tête. Mais on voyait qu'elles n'écoutaient pas.

Une des fenêtres de la salle était grande ouverte, on entendait les refrains des oiseaux et le grondement des voitures et des camions qui passaient sur la nationale, devant l'école. L'air frais d'avril, déjà plein d'étranges parfums.

La branche d'un orme immense a frappé pendant un moment contre le montant de la fenêtre. Martina, du coin de l'œil, en maintenant sa tête exactement dans la même position, a vu la branche se plier, s'allonger comme un bras puis s'éloigner en souplesse. Les feuilles tremblaient toutes ensemble, nerveuses, convulsives, et cette image, ce fragment d'image, lui a fait une morsure à l'estomac, qui sait pourquoi. Elle était reliée, de quelque étrange façon, aux mains de Greta appuyées sur le pupitre, les ongles limés et vernis de rouge sombre écaillé. Les mains de Greta étaient elles aussi agitées d'un tremblement très léger et convulsif, à peine perceptible, comme retenu, une violence bloquée, prête à exploser. Martina avait eu l'impression que les muscles de ses bras fins étaient tendus. Ils semblaient sur le point de se détacher, de se soulever d'un coup, souples et incontrôlés comme la branche de l'orme.

Dans l'après-midi, après le repas, Martina était allée dans sa chambre, elle s'était allongée sur le lit et avait sombré dans une somnolence moite pleine de pensées. De souvenirs, surtout. Elle pensait à ce qui s'était passé la veille, dans la cabane, à la main de Mirko sur ses épaules et à ce mouvement étrange de la main à l'intérieur du pantalon, elle avait revu Luca la langue enfoncée dans la bouche de Greta. Elle pensait à la sensation étrange et familière entre ses cuisses tandis qu'elle regardait avec les autres les photos des revues. Et aussi cela, dont elle gardait un souvenir confus mais bien réel : un souvenir conjugué de lumière et d'odeurs. La lumière est verte, toute la pièce est verte, verte la couleur du sol du petit gymnase du jardin d'enfants, verts les rideaux et les murs. Les rais nets et fins d'un soleil d'après-midi filtrant à travers les rideaux tirés. Les lits de camp des enfants rangés côte à côte pour la sieste. Tous ces corps allongés et ces respirations calmes. L'odeur de caoutchouc du gymnase et des chaussures de sport. Une des maîtresses assise sur un tabouret près de la porte entrouverte. Martina, sur son lit de camp, enveloppée dans un drap, la main appuyée sur l'endroit secret, court vers ce frisson puissant qui est une prairie les yeux fermés, un long parcours dans le noir, dans la neige et les étoiles, avec des cavaliers noirs qui sautent par-dessus une palissade, qui sait pourquoi.

La maîtresse s'en aperçoit, traverse le gymnase obscur en faisant crisser ses chaussons de caoutchouc d'infirmière, s'arrête devant son lit — une ombre massive et sombre — et la réprimande à voix basse, mais avec rage, elle lui déplace la main, elle dit qu'elle ne doit plus faire ça.

Il y a des cavaliers qui courent sur la neige et les étoiles au-dessus, il y a ce saut dans le vide, comme quand on grimpe une côte à toute vitesse en voiture et qu'on redescend aussitôt de l'autre côté, et que l'estomac se révulse, comme quand on entre dans le bain, que l'eau chaude procure un frisson intense, long, dans tout le corps, jusqu'à l'intérieur des os.

Pourquoi elle ne doit pas faire ça, si c'est bon ?

Et puis le jeu de la Culotte lui était à son tour revenu en mémoire. À l'école, on y jouait souvent. Pendant la récréation, dans les toilettes des filles, à l'abri des yeux indiscrets des maîtresses et des surveillants, on se réunissait tous en cercle pour Regarder les Culottes.

Cela consistait à se placer chacune son tour au centre du cercle et à lever sa jupe ou baisser son pantalon pour montrer sa culotte aux autres. Même aux garçons, qui parvenaient à se faufiler dans les toilettes à l'insu des surveillants. C'était tout un système d'accords pour faire monter les prix, comme aux enchères. Pour montrer sa culotte, on demandait un prix en échange, du genre laisser copier le devoir de mathématiques, ou donner son goûter pendant deux jours.

Les garçons ne montraient jamais leur culotte. Ou alors ils le faisaient entre eux, dans les toilettes des garçons où aucune fille n'entrait jamais. Mais là, non, c'étaient toujours les filles qui s'exhibaient. Et généralement les plus laides. Celles qui paraissaient déjà vieilles. Des gamines de la campagne, grasses et mal fichues, souvent avec un appareil dentaire et habillées comme des œufs de Pâques.

Greta et Martina n'avaient jamais participé à ces jeux idiots. Mais il leur arrivait de regarder, attirées dans les toilettes par des camarades. Elles se laissaient aspirer par le cercle pris de frénésie qui se poussait et se serrait autour de la Montreuse de Culotte, comme à un concert ou au stade.

Quelques rares fois, elles avaient vu.

Martina se rappelle Mara, une de quatrième B [1], très laide et qui pour dire les s sortait un morceau de langue spongieux

1. Quatrième : CM1.

et humide. Sous la jupe tyrolienne verte ornée de chevreuils rouges, elle portait un body blanc cassé, moulant quelque chose qui à première vue ressemblait à une miche de pain pas cuite. Ronde et molle. Avec au milieu une auréole plus sombre, jaunâtre. Elle avait dû se pisser dessus, Mara.

Greta était différente. Martina y avait pensé la veille, quand Greta était montée sur le scooter de Luca en levant une jambe, et que la jupe courte avait laissé entrevoir un petit morceau de culotte bordée de dentelle. Elle s'était souvenue de cette Mara de quatrième B dans les toilettes des filles soulevant sa jupe avec un visage sans expression pour montrer sa culotte à la moitié de l'école. Ça n'avait rien à voir. C'était totalement différent, et pourtant un lien mystérieux unissait les deux choses. De même qu'il y avait sans doute des liens secrets avec Chiara qui était en classe avec elles, et qui parfois, durant les heures de cours, mettait un pied sous ses fesses, sur la chaise, et balançant l'autre par terre, s'en servait d'appui pour bouger en gardant une expression impénétrable.

Elle s'était endormie au milieu du vacarme que faisaient les cigales dans le champ, là dehors, avec le soleil jaune qui frappait l'angle de la pièce, juste sur l'étagère à livres. Droit sur le dos rouge de *Pippi Calzelunghe*, un livre de sa mère.

Ses pensées s'étaient enfoncées dans le sommeil, et les rêves les avaient dissoutes.

7.

Les fois suivantes : plus de hâte, mais aussi plus de lenteur. Plus de hâte car au moment précis où Martina voyait Mirko arriver sur son scooter et se diriger vers le groupe où se trouvaient Luca et Matteo, elle savait qu'elle devait se tenir prête à sauter sur le siège ; même Greta avait cessé d'un seul coup de poser des questions, elle se laissait aller sans faire d'histoires à la volonté des autres, et suivait en silence les mouvements du groupe.

Plus de lenteur parce que la chose durait longtemps. C'étaient des après-midi dilatés, pleins de détails, de mouvements, d'emboîtements.

L'horaire de retour était plus ou moins le même pour tous, mais on ne s'en souciait absolument pas jusqu'au dernier quart d'heure. C'était un endroit à part, différent, avec des lois propres. Un endroit où le regard des pères et des mères, leur autorité et même leur amour n'entraient pas. Dès l'instant où ils grimpaient sur leurs scooters et traversaient les champs, tout le reste de leurs vies s'effaçait. L'école n'existait plus, ni même les jeux de la place, tout disparaissait, jusqu'aux autres camarades, et même ce qu'ils avaient été, eux, peu de temps auparavant. Leur âge même s'abolissait, ils étaient des petits enfants et en même temps des grands. Les seules choses dont ils parlaient étaient celles qui se passaient là, dans la cabane, ou les souvenirs de quand ils étaient vraiment petits et qu'ils jouaient ensemble.

Leurs relations étaient à la fois clairement définies et mouvantes. Le chef était Mirko, Luca venait ensuite. Personne ne songeait à discuter cela. C'était bien ainsi. Ce qui rendait les choses moins nettes était qu'à partir du moment où ils se retrouvaient nus les uns en face des autres, ils devenaient égaux. Les corps ne se ressemblaient pas, filles et garçons étaient différents, oui, mais par un simple détail. Tous avaient le thorax plat et lisse, les hanches étroites. Ils avaient la peau tendue, sans ombres, sans rides et sans poils. Et tous bougeaient gauchement, balançant jambes et bras sans en avoir le plein contrôle.

Un jour Mirko avait dit qu'ils devaient apporter un objet chacun, mais pas n'importe quel objet, un objet important, qui ait une signification particulière pour chacun. La chose la plus belle qu'ils possédaient, ce à quoi ils tenaient le plus. La cabane devait devenir un endroit où il serait bon de revenir et qui leur appartiendrait pour de bon, comme leur chambre à la maison.

Qu'ils se souviennent, cependant, qu'à l'instant précis où cet objet entrerait dans la cabane, il deviendrait la propriété de tous et qu'ils ne pourraient plus le récupérer. Et qu'ils ne s'avisent pas de tricher, parce que si cet objet n'était pas vraiment ce qui leur importait le plus, il s'en apercevrait.

Luca avait apporté sa gameboy. Depuis qu'on le lui avait offert, ce petit écran était devenu partie intégrante de lui-même, il l'emportait partout, même à l'école. Il le tenait sur ses cuisses, caché par le pupitre et par les livres stratégiquement entassés, et il parvenait à améliorer son score sans que personne ne s'aperçoive de quoi que ce soit. Il exultait en silence quand, en compagnie de Super Mario, il franchissait d'un bond de guépard les obstacles les plus incroyables pour atterrir sain et sauf de l'autre côté d'un océan. À la maison, il avait dit qu'il se l'était fait voler. Maintenant, le jeu traînait sur le lit, dans la cabane, au milieu des coussins et des draps chiffonnés. Ils faisaient des compétitions démentes, tous ensemble, en se disputant comme des bêtes sur le décompte des points et sur celui des différentes parties qu'ils consignaient sur un petit bloc-notes.

Martina avait apporté deux choses. Un grand dessin qu'elle avait fait en cours élémentaire : on y voyait son chat Nero — mort depuis longtemps — qui émergeait d'une végétation luxuriante, les yeux verts écarquillés et le poil ébouriffé autour de ses moustaches immenses, un ciel bleu derrière des fleurs tropicales énormes, rouges et orange. Ils l'avaient accroché sur l'unique paroi exposée à la lumière de la petite fenêtre, et il allait vraiment bien à cet endroit.

La deuxième chose était une tasse en céramique rose. Très grande, avec une anse ronde et large. Martina avait raconté à sa mère qu'elle était cassée et qu'on ne pouvait pas recoller les morceaux tellement ils étaient petits. Maintenant ils buvaient dedans tous ensemble, en la faisant circuler remplie de Coca, de Fanta ou de thé froid, en la tournant entre les mains afin de poser ses lèvres sur un endroit sec.

Matteo avait apporté un globe terrestre avec éclairage intérieur, à piles. On fermait la porte et on l'allumait, et une lumière orange éclairait toute la pièce. On voyait les reliefs montagneux et les traces minces des fleuves, les masses d'eau qui entourent les continents et la terre verte, vaste, des grandes plaines. C'était comme voyager, comme être partout à la fois.

Luca avait apporté sa raquette de tennis préférée, avec le cordage violet et la poignée entourée d'adhésif vert. Elle était un peu vieille, et en fait il ne s'en servait plus, mais il y tenait énormément : c'était sa première raquette, avec laquelle il avait remporté le tournoi d'été de l'école, et elle lui avait donné un petit cal sur la paume de la main droite, juste à la base du majeur.

Mirko avait apporté son magnétophone.

En vérité, rien n'avait d'importance pour lui, mais les autres ne le savaient pas. Aucun objet à quoi il tienne, rien qui le représente, rien qu'il aime. Ça avait toujours été ainsi, même petit : les choses entre ses mains tombaient en miettes au bout de quelques heures, il cassait tout, sans regret. Le magnétophone était juste un objet utile. Ça serait bien, de la musique, là-dedans.

Greta avait choisi une plante grasse, petite et ronde, avec une seule fleur jaune déjà un peu mal en point. On l'avait installée sur la table, et de temps en temps ils la heurtaient et poussaient des jurons parce que les épines se plantaient dans la peau et que ça faisait un mal de chien quand on les enlevait.

Ça ne faisait pas beaucoup, mais c'était déjà quelque chose, et au fur et à mesure que les jours passaient, ces objets s'intégraient à une géographie familière. On ne s'apercevait presque plus de leur présence, tellement on s'était habitués à les avoir là, et à tourner autour. Comme quand on revient à la maison et qu'on reconnaît les couleurs, les proportions, la disposition des objets et des meubles dans les pièces, au point que même dans le noir on saurait les trouver du bout des doigts et éviter de se cogner dedans avec les jambes.

8.

Cette fois, les filles commandaient. C'est Mirko qui avait établi cette règle pour l'après-midi. Distribuant les rôles avec un air concentré, gestes rapides, signes de la tête. Une main sur l'épaule de Luca, comme un général avec son combattant favori.

Ils étaient tous assis sur le matelas et ils mangeaient des pêches blanches et juteuses, grosses comme des melons. Le jus coulait entre les doigts, sur les jambes, sur le menton, le cou, il tombait sur les couvertures où il laissait des auréoles de grandeur variable, poisseuses. Ils s'essuyaient les doigts sur le lit en les frottant fort, et ils riaient : à la maison, ils n'auraient jamais pu manger comme ça, en se moquant que la chambre devienne une porcherie.

Greta était sortie et avec l'eau de la pompe elle avait rempli une cuvette. L'eau rebondissait sur le métal avec un bruit joyeux, comme celui des vieilles pièces de cinq lires — celles avec le dauphin — quand elles tombent par terre.

Ils étaient tous accourus dehors, le jus des pêches collant sur les doigts et sur le visage, et ils riaient en se poussant l'un l'autre contre la cuvette.

Mirko se tenait un peu à l'écart, mais il souriait, comme toujours une cigarette à la main. Les deux filles avaient décidé que la première victime serait Matteo. Celui-ci ne disait rien, il se laissait tirer par les mains et marchait en trébuchant dans les broussailles qui entouraient la cabane. Immobile, les yeux à demi fermés dans la lumière violente de l'après-midi tandis qu'elles lui enlevaient son maillot et son pantalon, le laissant en culotte, chaussures aux pieds. Le corps mince était bronzé à moitié : la partie supérieure, corps et bras et aussi les mollets couleur miel, les cuisses en revanche blanches comme de la craie et les aréoles comme deux petites taches sur la poitrine, deux baisers marqués au rouge à lèvres.

Les deux fillettes sautillaient autour de lui en riant, en piaillant parmi les éclaboussures d'eau froide. Elles l'avaient savonné partout, et elles le rinçaient avec la pompe actionnée à quatre mains. Il souriait au contact de leurs mains lisses et de l'eau fraîche. Le magnétophone, posé par terre en pleine chaleur, beuglait un morceau des Soundgarden et le soleil, dans leurs yeux à demi fermés, blessés par la réverbération, devenait noir.

Après le bain, elles l'avaient essuyé lentement, l'obligeant à soulever les bras et à écarter les jambes, pour atteindre les creux cachés, puis elles l'avaient fait asseoir sur un tabouret et avaient sorti les ciseaux. Les cheveux blonds et fins tombaient en petites touffes mouillées, compactes. Son cou semblait encore plus mince, maintenant. Elles lui avaient passé sur la tête un rasoir électrique emprunté à Paolo. La boule à zéro. Son cuir chevelu était si pâle qu'il paraissait bleu. Une minuscule entaille sur la nuque avait fait jaillir une goutte de sang limpide et brillant. Encore plus rouge sur le blanc de la peau.

Ils riaient, mais sans méchanceté. Ils riaient, en chantant *Black Hole Sun* et ils battaient des mains. Il gardait la tête baissée, le cou long et fin courbé et les vertèbres saillantes. Qui sait ce qu'allait dire sa mère, le soir.

Plus tard, dans la cabane, Martina avait serré les lèvres autour du sexe de Matteo. Il était très différent de celui de Mirko, il était petit, tendre, une sorte de doigt sans os. Assez souple. Sec. Elle l'avait caressé avec la pointe de la langue, comme le lui avait appris Mirko, et alors il avait grandi, pas beaucoup mais il était devenu rigide. Un vrai doigt, maintenant. Matteo gardait les yeux fermés, ses doigts d'enfant se crispaient et se relâchaient sur la couverture. Ses cuisses tremblaient et ses sourcils formaient deux arcs très pointus. Bouche ouverte. À un moment, il avait poussé un petit cri, bref et perçant. Martina avait levé la tête vers lui, détachant ses lèvres de son sexe. Elle s'était mis un doigt sur la langue et l'avait regardé dans les yeux avec une expression très sérieuse, concentrée.

Pourquoi tu n'as pas mouillé ?

Je sais pas, moi… Comment ça, mouillé ?

Martina avait haussé les épaules sans répondre et s'était dirigée vers le magnétophone pour mettre une cassette, encore les Soundgarden, cette chanson très triste qui dit que l'amour est comme un suicide.

Il était resté là en silence, blotti sur le matelas. Il continuait à trembler, il faisait une chaleur démente dans la cabane, avec le soleil qui frappait sur le toit de tôle en le faisant fumer, l'air immobile et dense tout autour, et pourtant il sentait le froid jusque dans ses os. Un froid méchant dans le cœur. Il avait pensé : alors, c'est peut-être ça que les grands ressentent. C'était peut-être ça, l'amour des grands, celui qui faisait parfois pleurer sa mère, le soir.

La première fois que Martina avait serré le sexe de Mirko dans sa main, il lui était arrivé une chose étrange. Cette chose à la fois tendre et dure, un peu poisseuse et très chaude, lui avait paru à la fois inconnue et familière. Comme si elle l'avait connue dans le passé et oubliée. Aussitôt, sa main s'était mise à faire des va-et-vient sur la peau douce, sans effort, presque sans avoir à y penser. Comme s'il s'agissait de quelque chose à elle, d'une partie de son corps dont elle eût oublié pendant un temps l'existence. C'était étrange. Cela venait de loin à l'intérieur d'elle.

Beaucoup de choses venaient ainsi à la surface, d'un endroit très profond et obscur, de ces choses qu'on ignore posséder et qui surgissent brusquement, le moment venu.

C'était arrivé à Matteo la première fois qu'il s'était penché entre les cuisses ouvertes des deux fillettes pour regarder la Chose de près.

Au début, il s'était senti mal. C'était très différent de ce qu'il avait imaginé : sur les photos, ça faisait une impression différente. De près, cette mystérieuse architecture de chair qui se fermait et s'ouvrait, avec des fentes et des petits trous cachés et des vallonnements et des courbes et des gonflements superposés, lui avait paru monstrueuse. Cependant, quand Mirko avait pris sa main qui pesait, inerte, sur le matelas, et l'avait soulevée en lui disant d'enfoncer un doigt dans l'ouverture centrale, il avait bougé le doigt en avant et en arrière, puis dans toutes les directions, doucement, et il avait senti la chair humide et chaude envelopper son doigt et le sucer. La même sensation que lorsqu'on se met un doigt dans la bouche pour lécher quelque chose, par exemple la pâte d'un gâteau qu'on a ramassée avant la cuisson en passant le doigt sur le pourtour du plat.

Lui aussi, il avait pensé d'abord que c'était étrange, et ensuite que ça ressemblait à quelque chose qu'il connaissait déjà.

Chaque fois c'était pareil. La sensation de nouveauté, suivie de celle d'étrangeté, se répétait à chaque geste, à chaque apprentissage au cours de ces jours-là.

Sentiment de désordre, aussi, comme quand tu te retrouves seul dans ta chambre après la visite de quelqu'un qui a touché tous tes objets, déplacé tes livres, écouté tes disques, s'est assis sur ton lit, a regardé dehors par ta fenêtre. Dans la pièce, il reste l'odeur de corps étrangers, l'air lourd de respirations mêlées, les traces d'autres mains. Les corps sont différents des chambres, ils ne gardent presque jamais les traces du passage de quelqu'un, pourtant c'est pareil, même sans bleus, sans blessures, il reste l'odeur de l'autre, les sueurs mélangées, les marques des baisers, le sexe gonflé. Et même quand il ne reste rien de visible, de toute façon il y a du désordre. À l'intérieur.

Au cours de ces après-midi à la cabane, ils sentaient cela tous en même temps, et ils ne se posaient pas de questions : étrangeté, nouveauté, familiarité et désordre étaient des fragments de la même matière. Une matière tendre, caoutchouteuse, qui se répandait en eux et leur procurait une sensation d'amollissement et de somnolence.

Les garçons, entre eux, ne faisaient rien. Ils se regardaient le machin, mutuellement, en silence, ils faisaient des comparaisons mais ne prononçaient pas un mot. Ils se répartissaient équitablement les deux filles, une fois chacun, en les échangeant. Ils touchaient et regardaient. Parfois ils riaient, ils s'asticotaient, mais c'étaient des blagues très brèves entre garçons, un code dont les filles étaient exclues.

Pas de caresses, surtout au début. C'était un jeu aux règles préétablies, et puis les chichis ennuyaient tout le monde. Quand ils s'embrassaient pendant trop longtemps, ils finissaient par se dégager en s'essuyant le visage avec le dos de la main, comme quand la famille les couvrait de baisers avides et baveux.

Tout avait une odeur différente de celle prévue. La sueur avait le goût du citron salé, ou du jus collant des prunes mûres. Son odeur était celle d'un petit animal, du poil de chien mouillé ou de chat à poils longs. Un âpre mélange de doux et de salé qui faisait frissonner et agaçait la bouche. Différent de celui des mères, de celui des adultes en général. Une odeur sauvage, mêlée à celle, douceâtre, du shampooing et du savon. Shampooing à la pomme et acidité des moustaches de café au lait sur le pourtour des lèvres.

Même la peau avait une consistance différente de celle imaginée, tendre et lisse comme du papier par endroits, ailleurs rugueuse, ailleurs encore glissante et moite. Et puis elle n'était pas identique chez tous, chacune avait sa consistance propre, son équilibre particulier de parfums et de puanteurs. Ils jouaient à serrer très fort les paupières et à se reconnaître avec la pointe de la langue, léchant et suçant comme des chats de la même portée.

De temps à autre ils se poussaient à bas des matelas et roulaient, les yeux fermés, riant comme des fous à ce jeu idiot et magnifique.

Seul Mirko restait en retrait de ces jeux de chatons. Ils le dégoûtaient. Son corps était trop marqué, avec ses touffes de poils soyeux sous les aisselles et la ligne longue et fine de poils châtains qui descendait du nombril. Son odeur était acide par moments, une odeur reconnaissable d'adulte. Il les laissait jouer sur le lit, sans les regarder. Il était ailleurs. Quand ils se montraient si clairement petits, il sentait qu'il avait dépassé ce stade, qu'il était déjà trop grand pour ça. Il aurait voulu s'échapper de la cabane, partir, avoir quinze ans révolus et agir en adulte, d'une tout autre façon. Mais il restait, il attendait qu'ils aient fini leurs bêtises et qu'ils recommencent à jouer comme il le désirait.

9.

Matteo pensait avoir déjà vu ces deux filles qui étaient en train de l'observer derrière le grillage du petit terrain de football. Il les regardait du coin de l'œil, au passage, tandis que les gouttes de sueur lui coulaient dans les yeux. Cette blonde ressemblait bien à la copine de Paolo, le frère de Mirko. Elle avait des jambes très longues et portait toujours des minijupes ou des shorts pour qu'on les voie mieux, elle devait avoir plus de vingt ans. L'autre avait un air enfantin. On lui aurait donné quinze ans, mais sans doute en avait-elle plus de vingt, elle aussi.

Ce n'était pas un grand match. Et Matteo n'était pas vraiment doué, c'est sa mère qui avait insisté pour qu'il fasse du foot, il aurait préféré la natation, l'eau douce de la piscine l'enveloppant et entrant jusque dans ses oreilles. Le silence et le clapotis calme des vagues artificielles contre les parois de béton. Le bleu de l'eau et du carrelage au fond. Les jambes et les bras battant régulièrement au-dessus de la ligne droite, les yeux ouverts, le corps porté et bercé par l'eau.

Mais sa mère avait insisté pour le foot parce que c'est un jeu d'équipe et qu'il avait besoin d'être avec les autres enfants. Pour le basket, il était trop petit, alors, va pour le foot.

Il courait sans forcer, mais il transpirait quand même, la tête lui tournait un peu, l'herbe pelée du terrain glissait sous ses pieds, comme animée de mouvements propres, un tapis roulant défilant sous les semelles à un rythme différent de celui de sa course. Et puis les jeux d'hier, à la cabane, lui avaient laissé les jambes molles, les genoux en coton.

Qui sait pourquoi ces deux-là restaient immobiles derrière le grillage. L'entraînement de deux équipes de juniors n'est pourtant pas de nature à susciter un tel intérêt.

Il courait de travers, la tête penchée d'un côté. Il faisait vraiment trop chaud. Toutes ces gouttes de sueur qui ruisselaient sous son maillot, dans son caleçon. Jusque dans ses chaussures, mouillant les chaussettes. D'un mouvement rapide des bras, sans cesser de courir, il avait fait glisser son maillot par-dessus sa tête et l'avait jeté par terre, dans un coin du terrain. Son maillot préféré, le rouge, avec le numéro 19 imprimé en relief, comme sur la casquette. Roulé en boule et lourd de transpiration, il avait atterri non loin de l'endroit où les deux filles restaient à regarder. Il avait eu l'impression qu'elles souriaient. Un coup d'œil rapide sur sa propre poitrine et il avait vu ses muscles plats et brillants. Si petit, par rapport aux autres, trop maigrelet encore, et glabre. Pas un poil. Pâle, mince. Sa peau était si transparente qu'on voyait un réseau de veines bleues courir à la surface. On aurait dit des cours d'eau. De petits fleuves avec leurs affluents.

À la fin de la partie, les deux filles étaient encore là, et il avait l'impression que c'était lui qu'elles regardaient, riant entre elles de temps en temps, qui sait ce qu'elles se disaient.

Pendant qu'il mettait ses affaires dans son sac, après la douche, son cœur avait commencé à battre plus fort. Maintenant il allait devoir sortir, il allait devoir traverser le chemin de terre battue qui entourait le terrain pour atteindre sa bicyclette, appuyée contre le grillage, à un mètre des filles. Elles le regardaient encore. Il marchait lentement, le sac en travers de l'épaule, les yeux baissés, la casquette de base-ball rouge sur la tête, visière baissée. Ses jambes maigres sortaient d'un pantalon court, large, bleu, qui lui arrivait à mi-mollet.

Elles étaient encore là. Il avait été le dernier à sortir des vestiaires, les autres étaient déjà tous sur le parking, devant le terrain, les plus grands sur leurs scooters, les autres à vélo. Certains étaient récupérés par leurs mères.

Il avait honte de ces regards sur lui, il sentait le rouge lui monter aux joues. Comme si elles étaient là, à le regarder, dans la cabane, avec les autres, pendant qu'il est sur le matelas et contemple Mirko en train de passer la pointe de la langue sur les cuisses de Greta, et puis plus haut, écartant la culotte.

Il sait qu'il rougit chaque fois.

Il n'avait pas encore fait grand-chose, lui, dans la cabane, mais l'observation, c'est déjà une expérience. Quand on a vu, on ne revient pas en arrière. On a grandi, et on le sait.

Elles lui avaient souri et, après avoir échangé un regard entendu, elles lui avaient fait ciao avec la main, et puis s'étaient tournées de nouveau vers le terrain en adressant un signe à l'entraîneur. C'était lui qu'elles attendaient, bien sûr.

Matteo était rentré chez lui en poussant son vélo. La pédale venait cogner contre son tibia. Il imaginait déjà le bleu et sa mère penchée sur sa jambe pour étaler la pommade, ses cheveux brûlés par le jus de citron qu'elle utilise pour les éclaircir. Les cheveux de sa mère ont une odeur acide. Une odeur différente de celle de Martina. Peut-être que c'est l'odeur des femmes, cette pointe en plus. Forte, un peu sure.

Il avait regardé les deux filles disparaître au bout de la rue avec l'entraîneur. Il pensait à son bleu et à l'odeur des femmes. Trop de choses à la fois : les odeurs, la cabane, le match. Il était fatigué. Il montait l'escalier, et en haut il y avait sa mère. Elle lui avait préparé le repas, elle le regarderait manger, comme d'habitude, et ensuite elle s'installerait devant la télé et de temps en temps elle s'approcherait pour regarder le cahier des devoirs. Immobile derrière lui, peut-être lui passerait-elle une main sur les cheveux, tournerait-elle les pages du livre ouvert devant lui. Après les devoirs, au lit. Son petit lit blanc et bleu d'enfant, avec les draps frais et bien tendus sur le matelas. Le pyjama à pantalons courts, avec des dessins de petits bateaux. C'est bon de dormir, dans le noir, avec les petits bateaux qui naviguent, légers, les muscles fatigués des jambes qui se relaxent et la main de maman sur les cheveux, chaque soir, pendant un moment. C'est parce qu'elle est seule, et un peu triste elle aussi, qu'elle a pris l'habitude de passer dans sa chambre avant d'aller dormir. Elle reste là, assise à un coin du lit, à caresser les cheveux de son fils, les yeux ouverts dans le noir, sur son lit d'enfant. Puis son ombre glisse hors de la pièce, à peine plus dense que les autres ombres.

C'est quand il entendait la clé de la salle de bains tourner dans la serrure et la porte de l'autre chambre à coucher se fermer, avec un petit claquement sec, qu'il pouvait commencer à penser. Penser. Il écartait les couvertures et posait une main sur son ventre : des muscles minces, plats. Et ce petit machin qui pointait entre ses cuisses. Une chose douce, de la chair plus tendre que le reste du corps. Tellement différente de celles des revues. Différente aussi de celles de Luca et de Mirko. Peut-être que la sienne était à jamais plus petite que celle des autres, ou peut-être que c'était l'âge.

Mirko, la première fois qu'il lui avait demandé des explications, s'était moqué de lui, il lui avait répondu avec son ton habituel, méprisant et mauvais. Pendant quelques jours, il n'avait plus pensé à rien d'autre qu'à cette réponse méchante, et il s'était senti différent, mal fichu. Il avait eu peur et ne s'était plus touché. Il allait au lit et mettait les bras sous son oreiller pour ne pas céder à la tentation de continuer à explorer cette chose qu'il ne parvenait pas à comprendre. À cause d'elle il se sentait comme un caillou, petit et inutile. Il avait de nouveau posé la question à Mirko, à un moment où celui-ci semblait dans de meilleures dispositions, et Mirko lui avait répondu que la sienne pousserait comme celles des autres. Et que tôt ou tard il en sortirait par le petit trou ce liquide blanc que les hommes des revues font gicler sur le visage des femmes. Peut-être une nuit, peut-être même pendant son sommeil, comme ça arrive à tous les garçons paraît-il, quand le machin se frotte contre les cuisses ou contre le drap. Pour l'instant il ne se passait rien, quand il se touchait il ressentait quelque chose d'intense et de beau qui avait à voir avec Martina, avec les deux filles qui le regardaient à travers le grillage du terrain de foot, avec les corps nus des femmes sur les revues, mais rien ne sortait.

Après avoir pensé, il s'endormait d'un seul coup, la main encore posée dans le creux tendre, où le sang battait, entre la cuisse et le machin. Une goutte de salive coulait de ses lèvres, sa sueur refroidissait tandis que son corps sombrait dans le sommeil. Les petits bateaux naviguaient pendant un moment, puis ils s'arrêtaient à leur tour.

Un après-midi, ils étaient venus le chercher sur le terrain. Matteo courait sans forcer, on le voyait à peine parmi les autres enfants plus grands et plus gros et plus excités. Ils étaient divisés en deux groupes, reconnaissables seulement à la couleur de leurs shorts, bleus ou jaunes, alors que les maillots étaient tous différents. Entre les deux buts, le terrain s'étendait, immense, trop grand pour qu'on puisse courir d'un bout à l'autre en permanence.

Mirko et Luca se tenaient devant le grillage, les doigts accrochés aux mailles de fer, et ils se balançaient sur leurs bras en le faisant grincer.

La lune était au milieu du ciel, juste au-dessus du terrain, une lune toute ronde, mais encore pâle dans le bleu violent.

Ils en avaient assez de rester là à l'attendre, d'autant plus que ce casse-couilles d'entraîneur l'avait obligé à faire deux tours de terrain supplémentaires pour qui sait quel motif, et tandis que les autres se démenaient de-ci de-là en shootant à tout va, il courait lentement, les yeux baissés, fixés sur le sol.

Au retour, tout en marchant sur la route qui traverse le bourg, dans la chaleur asphyxiante qui montait de l'asphalte et faisait trembler l'air au loin entre les voitures, ils avaient commencé à parler.

Matteo poussait sa bicyclette, comme toujours après l'entraînement parce que les muscles de ses cuisses lui faisaient trop mal pour qu'il puisse appuyer sur les pédales.

Mirko et Luca marchaient un peu en retrait et donnaient des coups de pied dans les cailloux sur le bas-côté. Ils les envoyaient sur les roues des voitures qui filaient à toute vitesse à côté d'eux.

C'est Mirko qui avait commencé, demandant à Matteo s'il avait des idées précises sur le sexe, en somme s'il savait concrètement ce que signifie baiser. Matteo avait regardé, au-delà des voitures rapides comme la foudre, les relais hertziens plantés en pleine campagne, sans rien répondre. Alors Luca avait entamé une explication biscornue et néanmoins plausible.

C'est un peu comme quand tu embrasses une fille, tu vois ?

Matteo avait hoché la tête en regardant la route devant lui. Les mains serrées sur le guidon de son vélo.

La langue, tu la gardes un peu raide, toute droite, et tu la fais entrer et sortir de sa bouche, eh bien c'est pareil, sauf qu'au lieu de la langue tu fais entrer et sortir ta bite... tu comprends ?

Il faut que tu bouges les hanches, genre en avant en arrière et puis aussi de côté.

Matteo avait enlevé sa casquette et passé une main sur son crâne rasé, humide de transpiration, puis il s'était arrêté brusquement et avait regardé Luca droit dans les yeux, sans rien dire.

Il y avait beaucoup de circulation sur la route, les gens rentraient du bureau avachis dans leurs voitures, les bras hors des portières pour chercher un souffle d'air. Ou béats dans leur habitacle rafraîchi par la climatisation, le regard absent, la musique à pleins tubes, dans le parfum du déodorant à la vanille ou au pin mentholé.

Ça va, j'ai compris. Et puis je le savais déjà, plus ou moins... Qu'est-ce que vous me voulez ? Il faut que je rentre chez moi, maintenant, d'accord ? Il faut que je rentre.

Quelque chose lui échappait encore, à Matteo, dans tous ces discours ambigus et un peu débiles de Luca. Et puis il y avait toujours quelqu'un pour avoir envie de lui faire faire quelque chose : sa mère avec le foot, la maîtresse avec les devoirs, l'entraîneur avec ses tours de terrain supplémentaires, et maintenant même les amis.

Faut que j'y aille. Pour de bon.

Mirko avait fait oui de la tête, et Luca aussi, en écho. Ils l'avaient accompagné jusqu'à la grille de sa maison, un pavillon couleur pistache, avec une porte de bois sombre petite et arrondie qui ressemblait à celle de la maisonnette des sept nains.

Tu viens au rouissoir ce soir, après dîner ? On va y faire un tour juste une ou deux heures, on y va en vélo. Demande à ta mère, regarde, elle est au balcon. Vas-y !

Luca le regardait fixement, la tête un peu penchée sur la gauche de son cou mince et les yeux plissés à cause des derniers rayons du soleil, maintenant bas sur les champs, qui lui arrivaient en plein visage. Le nez petit, un peu en patate, froncé.

Pas besoin de lui demander maintenant, de toute façon on est samedi, je peux rester un peu dehors. Passez me prendre à huit heures et demie.

Affirmatif. Huit heures et demie là devant. En vélo. Tous à vélo, pas de scooter.

Il les avait regardés rebrousser chemin, marchant au bord du fossé sur l'herbe sèche et la boue craquelée, donnant des coups de pied dans les cailloux, les mains dans les poches. Mirko était bien plus grand que Luca, et vu de derrière, avec sa chevelure en bataille, il ressemblait à un arbre au feuillage battu par le vent. Un arbre long et droit, tout maigre. Ou un réverbère de guingois.

10.

Au rouissoir, ils y étaient toujours allés de jour. Sous la lumière du soleil, c'était simplement une fosse remplie d'eau brune. Dans l'obscurité, ça devenait un lac. L'eau paraissait bleu clair, et les arbres tout autour s'y reflétaient : une couronne de feuillages dessinée sur la surface lisse. La lune était une assiette blanche et vide au milieu de l'eau calme. On entendait la cloche d'une église sonner les quarts d'heure.

Greta et Martina se promenaient sur les bords, leurs chaussures s'enfonçaient dangereusement dans la terre humide qui s'effritait sous leur poids. Elles marchaient côte à côte mais sans se toucher. Elles parlaient à mi-voix pour que les garçons n'entendent pas, mais les voix s'amplifient, à la campagne, et se répandent partout, comme des grains de poussière dispersés par le vent. Les garçons, allongés par terre entre les racines d'un arbre énorme, la tête tournée vers les étoiles qui pointaient à travers les feuilles, ne recueillaient que des phrases en morceaux, qu'ils tentaient de reconstruire sans y parvenir : il en ressortait un discours dépourvu de sens, très amusant. Ils écoutaient sans vraiment faire attention, les histoires de filles ne les intéressaient pas beaucoup. Ils préféraient rester là, entre eux. Parfois, c'est bien de rester silencieux entre garçons, de partager des choses sans avoir forcément à les expliquer.

Mirko avait apporté de la marijuana et il avait fabriqué un joint avec une habileté incroyable, roulant le papier entre le majeur et le pouce et donnant un rapide coup de langue sur toute la longueur avant de le fermer, comme s'il n'avait fait que ça au cours des cinq dernières années. Il avait passé le joint à Luca pour qu'il arrache le tortillon de papier avec les dents et qu'il l'allume. Ils fumaient, la tête enfoncée dans l'herbe et les yeux fermés.

Matteo restait assis sur une souche, les coudes sur les genoux, le regard fixé sur les filles qui marchaient au bord de l'eau. Il n'écoutait pas ce qu'elles disaient, il pensait à ses propres affaires, il pensait que lui aussi il aurait aimé marcher autour du rouissoir avec elles, mais il n'avait pas le courage de se lever.

Les deux filles, en marchant sous la lumière limpide de la lune, avaient vu flotter un petit morceau de papier à la surface de l'eau. On pouvait lire des lettres et des chiffres à peine effacés. C'était peut-être un morceau d'une lettre que quelqu'un avait déchirée et jetée là pour oublier ce qui était écrit.

Greta s'était penchée, à la limite de la berge, ses chaussures s'enfonçaient dans la terre humide et l'herbe glissante. Martina la tenait par un bras en appuyant ses pieds contre une pierre enfoncée dans le sol, tandis qu'elle allongeait son corps et son bras libre. Au moment où elle allait atteindre la feuille du bout des doigts, un caillou tombant du bord avait atterri en plein sur le papier, et l'avait fait couler.

Elles avaient rejoint les autres, entre les racines de l'arbre, déçues par cette découverte ratée, par cette incursion manquée dans le cœur de quelqu'un.

Martina avait raconté aux autres qu'un jour dans un autobus, elle avait trouvé une feuille de bloc-notes pliée, sur le marchepied. Elle l'avait ramassée et mise dans sa poche. Une fois sur le trottoir, elle l'avait dépliée et lue avec anxiété, espérant découvrir qui sait quel mystère. En fait ça expliquait comment interpréter les dessins et les couleurs utilisés par les enfants dans leurs devoirs. C'étaient peut-être des notes prises par une maîtresse. Elle l'avait conservée, cette feuille, entre les pages d'un cahier. Elle imaginait la tête de la femme qui l'avait écrite, elle l'imaginait chez elle, penchée sur un bureau, la lampe allumée au-dessus du bloc-notes, peut-être qu'il n'y avait personne d'autre dans la maison. Elle imaginait la main serrée sur le crayon, la tête penchée, la pression de la mine sur le papier fin. Toutes les autres choses qu'elle aurait pu écrire encore, toutes les autres feuilles du bloc couvertes de cette écriture, régulière et lisible comme celle de toutes les maîtresses.

Les autres ne disaient rien. Luca gardait les yeux fermés, la tête dans l'herbe.

On entendait les grillons et les petits plongeons soudains des grenouilles dans l'eau. Ils étaient restés silencieux pendant un moment, assis tout près les uns des autres, puis quelqu'un avait proposé un jeu et ils s'étaient remis à parler pour fixer les règles. C'était un jeu sur les mots. Une espèce de concours d'obscénités. Moment étrange, là, dans l'obscurité, assis sur les racines d'un arbre gigantesque.

Ils avaient fait une liste de gros mots, tous ceux qu'ils connaissaient. C'est Luca qui avait commencé, et les autres étaient très attentifs, à part Mirko qui continuait à somnoler avec un sourire oblique.

Cul. C'est le premier que j'ai appris… Un des premiers qu'on apprend.

OK, cul, et puis ?

Bite, celui-là aussi on l'apprend tout de suite.

Et puis tous ceux du genre caca, merde, pisse.

Oui, d'accord, mais ceux-là, c'est pas vraiment des gros mots, en fait.

Pourquoi ça ?

Tu sais bien, ça n'a rien à voir.

Alors, chatte, et puis con, ou cramouille.

Ah, ça c'est vraiment moche, comme mots, vraiment dégueulasse.

C'étaient Luca et Greta qui parlaient. Martina jouait avec le bout d'une chaussure de Matteo en enfilant dans les trous des coutures une fine brindille, tentant d'atteindre la peau pour le chatouiller. Matteo restait silencieux, les yeux fixés sur la main de Martina.

Elle, en revanche, relevait les yeux vers Mirko, de temps en temps, jusqu'à ce qu'il saisisse son regard et le lui renvoie, fixement.

Luca continuait à faire la liste des gros mots, et en même temps il regardait les deux fillettes assises devant lui, le nez froncé, la tête un peu de côté, le cou penché sur l'épaule et une esquisse de sourire au coin des lèvres, juste d'un côté. Odieux. Greta l'avait regardé, indifférente, sans répondre.

Martina avait baissé les yeux, elle sentait une chose étrange dans son ventre, comme une morsure chaque fois qu'elle regardait Mirko. Le visage du garçon, dans l'ombre, était une encre de Chine esquissée à la hâte : les pommettes saillantes et dures, anguleuses, et cette bouche étrange, grande, avec les commissures tirées vers le bas.

C'est à ce moment que Mirko avait prononcé la phrase. Une phrase que personne n'avait comprise, et dont ils allaient se souvenir longtemps, en se demandant ce qu'il avait voulu dire et pourquoi justement là, ce soir, devant le rouissoir. Il avait parlé lentement, et les pauses entre les mots étaient plus longues que d'habitude. Pendant qu'il parlait, il semblait très sérieux et regardait l'eau noire et brillante avec une expression décidée, indéchiffrable.

Dans le groupe on ne se met pas en couples, il faut que vous vous en souveniez… on ne peut pas faire comme les autres, toutes ces histoires de couples, ce truc de se mettre ensemble, entre nous c'est interdit et puis ça ne veut rien dire… tous ensemble, ou rien… comme ça on ne se fait pas avoir, comme ça rien ne changera jamais.

Quand ils repensaient à cette nuit au milieu des champs, ils se disaient que toute leur histoire aurait pris une autre tournure s'ils étaient restés devant le rouissoir, la nuit, ou sur la place, l'après-midi, en s'approchant avec précaution les uns des autres, en s'asticotant, pourquoi pas en se tapant dessus, avant de s'embrasser sur la bouche en vitesse, lèvres fermées. Et les mains enfoncées dans les poches.

11.

L'intérieur de la cabane baignait dans une lumière douce, une lumière qui allongeait les yeux de Mirko et les faisait paraître encore plus étroits et liquides. Sa bouche effleurait celle de Martina, encore fermée.

Le coup de s'embrasser, ça prenait un paquet de temps. On bouge les lèvres contre celles de quelqu'un d'autre, on ouvre la bouche mais à peine, on se caresse le cou, les cheveux, ce n'est pas difficile, c'est comme câliner un chat, sauf que c'est humide et aussi ça fait battre le cœur.

Greta les regardait en silence, assise sur un coin du matelas, les genoux ramenés contre sa poitrine. Ça ne lui plaisait pas, à elle, d'embrasser. Dès la première fois, ça l'avait dégoûtée. Elle n'avait jamais rien dit, mais ça se sentait à la façon qu'elle avait de tourner la tête de côté dès qu'elle pouvait, et de s'essuyer la bouche sur son épaule nue pour nettoyer la salive. Tout ce méli-mélo de langues, de lèvres et de dents l'impressionnait, c'était sale et mouillé et quand on est sale ou mouillé, on se lave et on s'essuie.

Martina, elle, pensait à Brenda et Dylan dans l'auto décapotable devant l'océan, avec les Rem qui chantent *Loosing my Religion.* Non, ce n'était pas la même chose, et puis Brenda a deux nichons comme ça, alors qu'elle... Mais Mirko ne s'apercevait de rien, il passait les doigts sur sa poitrine en caressant des rondeurs inexistantes, il bougeait les mains comme s'il tenait vraiment deux seins. Martina pensait que ça allait sûrement les faire pousser. Puisque lui les sentait et qu'elle y croyait, ils allaient bientôt pointer. En soulevant à peine la tête, elle avait vu ses jambes nues et maigres, hérissées de poils blonds minuscules, s'écarter pour laisser passer la main de Mirko. Qui sait si c'était bien comme ça qu'il fallait faire.

Puis elle avait repensé aux deux qu'elle avait vus un jour aux Giardini Margherita, à Bologne, devant le petit lac avec les canards et les poissons rouges monstrueux. La fille, la bouche ouverte sur celle du garçon, les mains cachées sous son pullover et les yeux ouverts. Elle regardait l'eau profonde, pas ses yeux à lui. Elle regardait les poissons monstrueux avec leurs bouches molles et leurs écailles délavées. Elle regardait attentivement l'eau verte croupie, d'un air sérieux.

Martina, les yeux plantés dans ceux de Mirko, avait vu les poissons flotter ventre en l'air, morts, la peau délavée, pleine de taches. Elle lui avait dit de s'écarter d'elle, d'aller plus loin, maintenant ça suffit, il est tard, et les poissons grandissaient, devenaient énormes, et nombreux, même le blanc des yeux de Mirko était rempli de poissons morts. Un déchirement prolongé et quelque chose de doux mais tenace qui restait en elle. Alors c'était ça, l'amour. Des poissons morts, et un déchirement douloureux. Et les quatre autres au-dessus d'elle, qui riaient et se moquaient, qui lui pinçaient les cuisses et s'étiraient avec des bras immenses et des mains comme des griffes.

Luca et Matteo étaient à genoux à côté du lit, les pantalons défaits et le machin dans la main. C'est un jeu, disait Mirko. Comme les revues. Regarde. Il avait tendu un bras hors du matelas, vers le sol, et y avait ramassé un journal froissé. Sur la couverture il y avait une fille orientale, cheveux clairs de poupée qui lui couvraient les seins. Autour, trois hommes, dans des positions diverses. L'un derrière elle, les mains serrées sur ses hanches et le bas-ventre appuyé contre ses fesses, un autre devant avec une main enfilée entre ses cuisses, un autre à genoux les bras appuyés par terre, et elle enfonçait dans son dos le talon de sa botte.

Gang bang, en gros caractères rouges.

Martina ne comprenait pas. Mais qu'est-ce qu'il y avait à comprendre ? C'étaient des corps qui jouaient ensemble, il fallait simplement qu'elle oublie le déchirement, les poissons morts : ces pensées n'avaient rien à voir avec elle, avec Mirko, avec les revues, avec cet endroit. C'étaient des pensées de petite fille.

Au-dessus d'elle, Mirko s'agitait plus rapidement, et les autres regardaient. Maintenant, même Greta était entrée dans son champ de vision. Elle portait sa culotte brodée, et rien d'autre. Un corps mince et pâle, deux roses claires qui pointaient sur sa poitrine, à peine saillantes. Elle n'avait pas son Sourire De Greta mais ses yeux étaient calmes, Martina en avait l'impression, donc elle aussi pouvait être calme, fermer les yeux, écouter toutes ces respirations mêlées autour d'elle et attendre que la douleur s'en aille.

Après, quand elle s'était levée du matelas, elle s'était aperçue qu'elle perdait du sang, pas beaucoup, mais ça l'avait effrayée. Elle n'avait rien dit, elle était restée immobile, debout, une main pressée entre ses jambes.

Mirko lui avait passé un mouchoir en papier pour qu'elle s'essuie, et à l'expression neutre de son visage elle avait compris que c'était normal, que le sang était une chose tranquille, qui devait être là. Alors elle n'avait pas fait de commentaire. Elle avait enfilé la culotte et la salopette, attaché les lanières de ses sandales sans plus lever les yeux, faisant comme si tout était en ordre, comme s'il n'y avait pas de problème.

La première fois de Greta était venue quelques jours après celle de Martina. Mais pas avec Mirko. D'un geste magnanime, et sans mots superflus, il avait laissé Luca la prendre. Il la lui avait cédée d'un geste alors qu'elle était déjà allongée sur le matelas, les cuisses nues entrouvertes, la jupe relevée, roulée autour du ventre. Pour Luca aussi c'était la première fois. Pour Mirko, qui sait, parce que lui n'avait jamais rien dit à ce sujet, mais un jour Luca, en l'absence de Mirko, avait raconté une histoire fabuleuse dont il ressortait que Mirko faisait ça depuis toujours.

Il n'avait rien dit à Luca, il avait seulement fait ce geste chevaleresque de la main et il l'avait regardé, un peu ironique. Comme pour dire : bienvenue dans le monde merveilleux des adultes qui baisent. Luca avait cherché à gagner du temps, il s'était déshabillé à moitié, puis il avait bu au goulot de grandes gorgées d'orangeade, il avait mis une cassette dans le magnétophone et il s'était assis sur le lit à côté de Greta.

Matteo et Martina jouaient avec la gameboy et ils ne levaient pas les yeux du petit écran, Greta restait immobile sur le lit, les yeux fermés et les doigts serrés sur le bord roulé de la jupe, les jambes fermées, serrées l'une contre l'autre.

La main de Luca s'était levée au moment même où une explosion de basses, de guitare et de batterie avait jailli du magnétophone. You got to raise up sweet woman child, disait la voix enragée de la chanteuse.

Greta avait ouvert les yeux et sur son visage rien n'était apparu : la main de Luca sur ses genoux serrés, sa bouche entrouverte et toute proche. Ils s'étaient regardés longuement, jusqu'à ce que le corps de Luca glisse sur celui de la fillette pétrifiée. Mirko, appuyé sur la table, regardait ct souriait : les mouvements de Luca étaient maladroits et peu concluants, il faisait mal à Greta, on le comprenait à ses paupières serrées et à la grimace de ses lèvres. Ensuite ça avait marché, il était arrivé ce qui devait arriver. Sous les yeux de tous les autres, comme pour Martina.

Il y avait tout un tas de choses qui s'en allaient dans ces moments-là, et un tas aussi qui arrivaient on ne sait d'où. Des émotions dures et brutales comme des coups de poing au visage, des choses inoubliables, sans douceur, du genre à faire pleurer si on y repensait. Des choses qui les séparaient et les unissaient en une seconde. Comme presque tout ce qu'on fait avec d'autres, dans ce monde.

12.

Ils avaient souvent mangé ensemble, nus sur les matelas. Emballages de charcuterie, miettes de goûters, taches de glace fondue sur les jambes et sur le visage. Ils faisaient les courses au Minicoop dans la rue principale du bourg et ils comptaient la monnaie sur le comptoir tandis que les vendeuses s'impatientaient. Le trajet jusqu'à la cabane était un peu laborieux, sur le chemin, avec les sacs pleins de victuailles et d'objets divers, ils zigzaguaient sur les scooters, comme ivres, avec les casques pendus au bras et les cheveux au vent.

Ils alternaient les jeux des revues avec ceux d'avant. Ces derniers resurgissaient à l'improviste, de nouveau ils redevenaient eux-mêmes, ceux qui avaient joué ensemble à cache-cache ou à un deux trois soleil dans les rues, ceux qui avaient passé des heures à parler de ce que mangent les chiens, des marques de chaussures de basket et des épisodes terrifiants de X-Files. Ils couraient nus dans la cabane en chantant, comme avant.

Greta avait les joues rouges et l'essoufflement faisait palpiter les deux roses sur sa poitrine. C'est Mirko qui les rappelait à l'ordre. Ils retournaient s'allonger sur le lit pour s'apprendre des choses. Ils regardaient des revues toujours différentes et ils essayaient les positions.

La langue entre les cuisses de Greta, tous ensemble, ou bien Martina et Greta debout l'une contre l'autre et nous autour, ou alors toi, voilà, mets-le toi-même, appuie-le sur le trou et fais-le entrer avec la main.

Parfois ils éclataient de rire ou discutaient sur un détail, jusqu'à épuisement.

Martina avait appris à Mirko comment on doit toucher cet endroit, comme elle aimait. Elle le lui avait expliqué avec des mots précis, comme si elle lui enseignait la manœuvre des commandes d'un jeu vidéo.

Tu mets le doigt ici, tu le tiens appuyé comme ça et puis tu le bouges lentement.

C'était étrange, d'enseigner son propre corps à quelqu'un d'autre. Ils n'avaient jamais pensé aux termes exacts à utiliser, les mécanismes étaient de simples réactions à une stimulation, c'étaient des gestes instinctifs, qu'ils connaissaient depuis toujours et qui n'avaient aucun nom, mais lorsqu'ils les expliquaient aux autres, cela devenait des constructions sensées.

Martina pensait à son corps, à cette chose qu'elle avait habitée toute seule pendant longtemps et qu'elle partageait désormais avec d'autres. Elle leur apprenait les chemins à suivre pour arriver aux bons endroits, elle savait où ils se trouvaient. Et elle apprenait, elle apprenait des choses sur elle-même, elle apprenait les corps des autres qui étaient différents et semblables et qui venaient s'encastrer dans le sien.

La douleur qu'elle ressentait parfois, le dégoût, elle les prenait comme ils venaient.

Du bon et du mauvais, comme à l'école, comme à la maison, comme partout.

D'un seul coup quelque chose avait changé. Et à partir de là, tout le reste. Ils avaient commencé à s'ennuyer. Tout ça durait depuis de trop nombreuses semaines. Comme pour les rollers : pendant un temps on n'avait fait que ça, des rollers du matin au soir, jusqu'à la nausée, et puis ils avaient disparu et on n'en avait plus parlé, pris par un nouveau jeu, par des possibilités différentes.

Pendant quelques jours, ils n'étaient pas allés à la cabane. Quand ils se rencontraient en bas dans la cour, ils étaient un peu embarrassés, ils avaient presque honte, tous autant qu'ils étaient. Ils parlaient de tout et de rien, mais avec gêne, ils comprenaient tous qu'ils avaient besoin de ne plus rien faire pendant un temps. De penser de nouveau à l'école, aux devoirs, aux familles, besoin de jouer avec leur chien, de regarder la télé en embêtant le chat, de s'ennuyer chacun de son côté. Ces après-midi étaient devenus une sorte d'obligation, comme un devoir. Pénibles plus qu'autre chose.

Ils avaient laissé passer dix jours. On était en juin, la dernière ligne droite avant la fin de l'école. Tous occupés à sauver la mise pour les derniers contrôles. Harcelés par les maîtresses, les professeurs, les familles.

Et puis il y a eu aussi le rite des photos de classe, pour tous les cinq. Sur la photographie de la cinquième F, année scolaire 1995-1996, Greta et Martina ne sont pas côte à côte. Elles sont même aux deux bords opposés de l'image. Martina regarde droit vers l'objectif, sans sourire, les mains dans les poches d'une salopette rouge et les cheveux tombant en désordre sur son visage. Greta a été distraite un instant, et elle regarde le sol, peut-être quelque chose qui lui a échappé, elle est sur le point de se pencher pour le ramasser.

Le photographe a déclenché la prise de vue au moment précis où Greta a décidé de se baisser, il a recueilli l'élan du corps mince, sur le point semble-t-il de glisser hors du cadre, dans une torsion du buste violente et retenue, immobilisée par la pellicule.

13.

Le lendemain de la sortie des classes ils s'étaient tous retrouvés sur la place. Les grands et les petits. Une marée d'enfants et d'adolescents bruyants et inquiets. Répartis en petits groupes fermés, compacts. Greta et Martina seules sur un banc, en train de se raconter leurs projets de vacances. Ou plutôt, Greta racontant l'endroit où elle irait, au bord de la mer, avec les cousins et les tantes qui étaient tous très jeunes, le soir ils iraient danser dans un endroit magnifique sur les rochers, à l'île d'Elbe, avec leurs amis allemands qu'on retrouvait chaque année. Greta aussi avait des amis là-bas, les enfants de ces amis allemands qui sont ses amis allemands à elle. Ils ont des cheveux blancs, la peau qui devient rouge vif au soleil et ils tirent toujours la langue entière quand ils mangent des glaces.

Martina restait. Elle reste tous les étés. Quand elle était plus petite on l'envoyait en colonie, et aussi une fois à la montagne avec la paroisse, et puis ses parents ont cessé de se préoccuper de ses vacances d'été : ils restent, elle reste aussi. Juste la semaine du quinze août, elle irait peut-être avec sa mère chez une tante, au Lido de Ferrare. Moustiques et canicule, bavardages asphyxiants de femmes sous le parasol. En fait, elles n'y sont pas allées cette année-là, Martina n'a pas compris pourquoi, peut-être une dispute entre sa mère et sa tante, ou peut-être que son père n'avait pas envie de rester tout seul.

Greta parlait, parlait, maniérée et souriante, et Martina continuait à l'observer en silence. Elle regardait ses lèvres petites et rouges qui se retroussaient vers le haut, des lèvres dont elle connaissait parfaitement la consistance, elle regardait ses mains qui l'avaient caressée partout, elle regardait l'os saillant de la clavicule, où son front s'était appuyé tant de fois lorsque les jeux étaient terminés et qu'ils restaient à somnoler sur le matelas. Cela semblait si loin. Cela semblait un autre monde. Des événements survenus dans une autre dimension. Vécus par quelqu'un d'autre. C'est étrange, même quand on connaît les moindres détails d'un corps, jamais, au grand jamais on ne possède le secret de celui qui l'habite. Le corps de Greta était un livre illustré, feuilleté mille fois, souligné, répété à voix haute, appris par cœur, mais ses pensées, son cœur étaient un monde inconnu, lointain. Un monde dont Martina ignorait les usages, la langue, un monde avec des routes différentes de celles qu'elle connaissait et des sentiers qui serpentaient entre des rochers immenses et impraticables.

Greta parlait, parlait, souriait, secouait sa chevelure en balançant la tête, la regardait droit dans les yeux sans détacher d'elle son regard, mais elle ne la touchait jamais devant tout le monde. Ce qui était arrivé ne se voyait pas dans ses yeux. Cela avait disparu, ou n'avait jamais existé.

Mirko était arrivé en soulevant la poussière avec le scooter, un coup de frein brusque à quelques centimètres du banc, il n'avait rien dit, un signe rapide de la tête, les yeux cachés par des lunettes de soleil grandes et opaques. Martina avait sauté sur ses pieds, petit soldat de chair obéissant à un seul geste. Greta avait soupiré, mais une seule fois. Martina déjà sur la selle, les mains serrées sur les poignées, derrière elle. Puis Greta était montée sur le scooter noir de Luca et ils étaient partis.

Campagne jaune, maintenant, ciel d'un bleu poisseux. Un bleu écœurant, comme cet horrible goût de crème glacée.

Dans la cabane, un temps très long semblait avoir passé, et non quelques jours. Dix jours. En dix jours, les contours s'effacent, on oublie beaucoup de choses. Les façons, les rythmes, les gestes appropriés pour commencer. Pas de gaieté, mais de l'embarras, voire de la colère.

Mirko avait commencé avec Greta, ce qui n'était jamais arrivé. Il l'avait prise par le bras et jetée comme un sac sur les matelas, alors qu'elle protestait, mais à peine. Martina était au fond de la pièce avec les deux autres qui essayaient de lui soulever la robe et elle se défendait à coups de pied et de dent, les yeux fixés sur le matelas, sur Mirko, sur sa bouche collée à la poitrine minuscule de Greta, sur sa main qui écartait les jambes maigres et arrachait la culotte. Et puis Mirko s'était arrêté d'un seul coup, et il les avait regardés gravement. Un geste rapide de la tête et les mains de Luca avaient lâché Martina. Les deux garçons avaient cessé de la toucher, ils s'étaient approchés du matelas et avaient commencé à sortir des objets des poches de leurs pantalons et de leurs sacs. Des cordelettes, des mousquetons, des bougies à moitié consumées, des revues, des clous, un marteau en plastique, une bouteille. Greta avait ri, ils avaient ri tous ensemble, tout ce matériel aujourd'hui précisément, comme quand ils construisaient des bateaux avec des morceaux de contreplaqué dans le garage de Mirko, les années précédentes. Ils avaient commencé à parler et ils s'étaient retrouvés. Le rythme juste, les rires justes, la juste lenteur, et même l'envie. Les objets, ils les avaient aussitôt oubliés.

Martina s'était demandé, parfois, si Mirko était jamais allé avec une autre. Cela lui semblait étrange, par moments, qu'il aime rester avec des plus petits, plutôt qu'avec ceux de son âge, ou même avec de plus grands. Plus étrange encore qu'il ne fasse jamais de commentaires sur les filles qui fréquentaient la place. Elle sentait que les regards des jeunes filles sur Mirko étaient très différents des siens ou de ceux de Greta, elles avaient une façon différente de bouger, de sourire, de répliquer aux garçons.

Mirko lui semblait très seul, comme si quelque chose en lui se rétractait à toute vitesse vers un point caché et indéchiffrable dès qu'on s'approchait trop de lui. Comme si une substance liquide, qui était lui, disparaissait complètement de la surface de son corps pour se rassembler dans un trou profond. Dans ces moments, même ses yeux étaient plus clairs, ils pâlissaient et se resserraient.

Elle se souvient vaguement d'il y a quatre ans. Des souvenirs confus de ses six ans, quand le VTT bleu sans petites roues d'appui et la tente indienne montée dans sa chambre à coucher étaient les choses les plus importantes du monde. Il avait alors dix ans et commandait déjà le groupe des garçons de son âge en hurlant et en frappant ceux qui l'énervaient. Maintenant, il ne hurle plus. Il parle lentement et sa voix est sèche et rapide comme une lame de couteau glissant sur la peau.

Il y avait toujours eu des matins où il se levait du pied gauche, même quand il était plus petit. Maintenant, c'était presque tous les jours. La chambre était sombre et le réveil lui vrillait les tympans. Son machin était tout dur et ça le gênait. Un de ses amis lui avait expliqué un jour que cela arrive à tous les hommes, mais c'était longtemps avant, à l'époque où ça ne lui arrivait pas encore. Ça lui avait semblé merveilleux, alors. Un symbole d'omnipotence. Ce souvenir était lointain et flou. Maintenant, ça le gênait. Il se sentait pris au piège. Il était prisonnier. Tous les matins, c'était la même chose : se réveiller et savoir que la chose était là, aux aguets, et qu'elle allait conditionner tout le reste. Pour toujours. Ça le mettait en rage et il ne savait pas pourquoi. Et cette rage se transformait en haine et en méchanceté, parfois.

Voilà pourquoi il s'était montré brutal et agressif lorsque Matteo lui avait demandé des explications sur le sujet.

Toi, avec ton petit machin, tu n'as pas à te faire de souci, si ça t'arrive une ou deux fois dans ta vie tu auras de la chance. Et puis arrête de me casser les couilles, j'ai autre chose à penser aujourd'hui.

Avant. Avant cet été. Avant la cabane. Avant les photos et tout le reste. Un jour, en passant devant l'échafaudage en bois d'une maison en cours de rénovation, il avait vu une ombre aux aguets derrière les planches. Il avait ressenti un malaise.

Petit, mon joli, approche-toi, viens…

Il avait accéléré, mais quand il s'était trouvé à la hauteur de l'ombre, celle-ci avait avancé quelque chose à travers les planches, une protubérance humide et caoutchouteuse contre laquelle il avait frotté son bras sans le vouloir.

Il s'était enfui en courant, il avait trébuché, était tombé sur les genoux. Il s'était remis à courir, il courait, courait, tournant la tête pour voir si l'ombre le poursuivait. Arrivé à la maison, il s'était lavé le bras, en l'étrillant jusqu'au sang avec une éponge et du savon.

Encore. Avant. Une fille plus grande que lui, à l'école. Il avait douze ans. C'était la sœur d'une camarade de classe. Elle avait dix-huit ans. Elle l'avait embrassé sur la bouche par surprise, pendant une fête d'anniversaire. Dans l'ombre. Les bougies à peine éteintes sur le gâteau. Avec la langue. Merveilleux. Trop. Mais du temps avait passé avant que cela se reproduise. Trop de temps. Et quand c'était arrivé, il était déjà devenu méchant. Elles, les filles, ne savaient pas ce qu'elles voulaient. Elles faisaient des mines et puis ensuite elles se défilaient. Minijupes et mots vicieux, et puis elles disaient non. Flirter d'accord. Mais pas touche. Dehors, à la rigueur, et tout habillés. Avec un peu de chance, elles finissaient par se laisser faire, mais c'était à lui d'attendre et il ne le supportait pas, il aurait voulu leur donner des gifles et en finir avec cette comédie. Il savait bien qu'elles en avaient envie aussi mais qu'elles ne voulaient pas passer pour des putes. Pourtant, en se comportant ainsi, elles se montraient encore plus perverses. Fausses. Perdre son temps en manœuvres inutiles ne lui disait rien. Il avait la tête toujours pleine d'éclairs. De lumières très violentes et de musique. Il fallait qu'il s'enfuie quelque part pour apprendre.

Avec Martina c'était différent. Avec elle il se sentait neutre, elle ne jouait pas, elle ne se fermait pas après l'avoir provoqué. D'ailleurs elle ne le provoquait pas. Martina était simple à comprendre. C'était une gamine. Qui savait rester silencieuse : plutôt que de poser des questions, elle cherchait à comprendre avec les yeux. C'est ce qui lui avait plu tout de suite. Elle apprenait vite, elle. Et elle ne se scandalisait de rien. Elle cherchait à comprendre seule ce qu'on lui disait de faire. On voyait tout de suite que ses parents ne devaient pas trop l'embêter avec ce qui se fait et ce qui ne se fait pas. Ils la laissaient vivre à peu près comme elle en avait envie. Il y avait trois ou quatre règles essentielles : être à dix heures au lit, avoir de bons résultats à l'école, ne rien laisser dans l'assiette et ranger sa chambre. Point. Chez lui, c'était pareil.

Un soir, en montant à pied l'escalier de l'immeuble, Martina avait vu qui Mirko fréquentait quand il n'était pas avec eux.

Elle était descendue vider la poubelle, comme tous les soirs, et en remontant, deux marches à la fois, essoufflée, elle avait jeté un œil par la fenêtre du palier. Elle avait vu des ombres gigantesques bouger lentement contre le mur de l'immeuble en face. Pendant un instant, elle était restée fascinée par ces ombres énormes qui se balançaient en se fondant l'une dans l'autre, au centre du cône de lumière projeté par les phares d'une voiture garée le long du trottoir.

On aurait dit un dessin animé, ou des ombres chinoises au ralenti. Elles se mêlaient, devenaient toujours plus grandes : trois silhouettes humaines rassemblées en un unique corps gigantesque, aussi terrifiant que celui d'un dragon.

Son regard avait glissé vers le bas, jusqu'aux propriétaires des ombres. Ils étaient trois, l'un était Mirko. Il avait les mains dans les poches et tapait d'un pied sur le sol. Il semblait nerveux. Les deux autres étaient beaucoup plus âgés. Ils avaient peut-être même trente ans, à peu près l'âge de son père. Ça se voyait de loin, à leur façon de bouger, de s'habiller.

Ils parlaient entre eux en gesticulant. Les ombres sur le mur s'étiraient jusqu'à perdre leurs contours, et retrouvaient leur précision une seconde après.

Un des deux vieux avait tendu une main vers Mirko et lui avait fait une sorte de caresse gauche sur la joue, lui s'était reculé brusquement. Puis l'autre type avait passé à Mirko un sac en plastique d'une blancheur étincelante sous la lumière des lampadaires et des phares.

Ils étaient remontés dans la voiture. Les portières s'étaient refermées avec un claquement sec, à l'unisson.

Mirko restait là à regarder la voiture qui s'éloignait. La dernière ombre, la sienne, avait glissé à son tour vers le bas du mur et il était devenu lui-même une ombre sous la clarté jaune du lampadaire.

Martina était rentrée chez elle.

Par la suite, elle avait vu de nouveau les deux types à la voiture blanche. Ils arrivaient et disparaissaient. Une fois, elle les avait aperçus au bar à côté de la Minicoop, assis sur les sièges en plastique sous les arcades, ils portaient tous les deux des lunettes de soleil et la voiture blanche était garée devant. Mirko était assis avec eux, les mains posées sur ses genoux comme s'il était sur le point de se lever. Un des vieux lui avait mis une main sur l'épaule pour l'en empêcher.

Quand elle était repassée, il n'y avait plus personne.

14.

La nuit de la San Lorenzo, Paolo les avait emmenés au canal voir les étoiles filantes. La mère de Greta et celle de Martina avaient donné l'autorisation. Celle de Luca aussi, mais celle de Matteo avait dit non et il les avait regardés partir, assis sur le banc de bois au bout de la place, l'air furieux. Ils s'étaient tassés sur le siège arrière de la Golf : Luca et Martina serrés l'un contre l'autre et Greta sur les genoux de Mirko, la tête contre le plafond. Devant, la copine de Paolo roulait un joint. Dans l'habitacle, l'odeur douce de la fumée s'était mêlée à celle du déodorant à la vanille, que Martina, quand elle était petite, prenait pour l'odeur d'un caramel mou à moitié mâché, convaincue que quelqu'un l'avait craché dans la voiture à un endroit impossible à atteindre.

C'était bien de rouler en voiture, et de conduire, pensait Martina, et conduire seule devait être encore plus formidable. Parfois elle s'imaginait grande, et toujours elle se voyait avec des cheveux longs soulevés par le vent qui pénétrait par la fenêtre ouverte d'une voiture filant à toute vitesse, la nuit. Le silence de la campagne, les étoiles énormes tout autour, lourdes, presque à toucher les champs.

Mais en ce moment aussi c'était bien. La tête lui tournait, un vertige absurde et coloré entre les tempes, l'épaule écrasée contre celle de Luca, avec la musique et le reflet des grands yeux de Paolo — tellement semblables à ceux de son frère — dans le rétroviseur. Brillants et neutres.

Paolo et la fille parlaient, mais derrière on n'entendait rien : les haut-parleurs arrière crachaient *Motherlove* à fond, une chanson qui à un certain moment dit save the children, avec un chœur d'enfants en fond sonore.

Ils avaient tous la tête abandonnée contre le dossier et ils regardaient la campagne noire et lumineuse défiler à travers les fenêtres.

Paolo avait dit qu'il les emmènerait dans un endroit magnifique, assez loin d'ici. Après Budrio, vers Medicina, en pleine campagne, un endroit avec un pont suspendu au-dessus d'un canal. Un pont en pleine campagne, au milieu du rien de la plaine. Les routes signalées au loin par des lumières intermittentes, les relais de la télé éclairés en rouge et un silence profond, à peine traversé d'échos lointains.

Ils étaient arrivés au pont par une petite route de gravier fin qui crépitait sous les pneus. Le pont était court et large, avec des rambardes basses et un champ qui commençait juste à l'autre extrémité. Un pont qui ne donnait sur rien. Un pont inutile.

L'eau en dessous était d'un noir étincelant. De petites vagues régulières la ridaient en montant à l'assaut des blocs de béton. Paolo et la fille étaient restés dans la voiture à fumer avec la radio allumée, la musique sortait par bouffées des fenêtres ouvertes pour aller se perdre dans les champs.

Ils s'étaient assis jambes pendantes sur le rebord, les bras appuyés à la première barre du garde-fou, pareille aux rails de sécurité des routes dangereuses. Ils restaient silencieux, les yeux fixés sur le ciel couvert : pas d'étoiles. Une patine grisâtre de nuages sur fond bleu marine.

Ils attendaient que leurs pupilles s'agrandissent et s'accommodent à l'obscurité, pour voir s'il y avait des animaux autour d'eux. Les silhouettes des lièvres, cachés dans les buissons qui bordaient le canal, se devinaient au frémissement imperceptible qui agitait le feuillage juste avant qu'ils bondissent pour s'élancer à travers champs à vitesse supersonique, leurs longues oreilles aplaties en arrière, comme une écharpe au vent.

Luca lançait des cailloux essayant de les viser, mais il ne parvenait pas à anticiper d'une seconde la direction qu'ils allaient prendre. Ils traçaient d'étranges zigzags, évitant les tirs, sans ralentir. Ils traversaient les champs en bondissant sur la terre sèche et en faisant bruire les fourrés. Des chevaux miniatures, sans sabots.

Pourquoi tu leur tires dessus, laisse-les tranquilles.

Et pourquoi je devrais les laisser tranquilles, y a pas plus con qu'un lièvre… ils sont trop bêtes, quand on passe en voiture ils attendent que les phares soient tout près pour traverser la route, ils se jettent sous les roues, ils pigent rien, les chats sont plus malins…

Et alors, c'est pour ça qu'il faut que tu les tues ?

Moi ou un autre, qu'est-ce que ça change ?

Rien. Mais ça serait mieux si c'était personne.

Oh, dis, tu l'as jamais entendu, le bruit d'un lièvre sous les roues d'une voiture ? Quand il cogne le pare-chocs, d'abord tu entends un grand choc, tu croirais un corps humain, et puis une espèce de gargouillis, ça fait un effet…

Arrête.

Tandis que Greta et Luca continuaient de parler tout en s'embrassant, Martina avait tendu une main vers le genou de Mirko et l'avait laissée là, sans bouger. Il était resté immobile, les yeux fixés sur l'eau noire du canal, et la braise de sa cigarette éclairait son nez et sa bouche.

Luca et Greta se poussaient mutuellement, faisant mine de vouloir se jeter à l'eau. Ils luttaient sans grands gestes, sans bruit, sans rien dire. Martina avait regardé de nouveau la bouche de Mirko, et puis, d'un seul coup, elle l'avait embrassé en plongeant son nez dans son encolure.

Il ne faisait pas si chaud, pour un mois d'août, pas d'étoiles, pas de chaleur. Juste des nuées de moustiques agressifs, gonflés de sang.

Mirko n'avait pas bougé, il vérifiait du coin de l'œil que son frère et sa copine ne pouvaient rien voir. Il avait jeté sa cigarette dans le canal et s'était levé d'un bond.

Il y avait toute cette campagne autour et les phares des autos au loin traçaient des bandes de lumière blanche, trouble au milieu des champs. Le lendemain, il y aurait une canicule terrible, à en juger par la couleur du ciel.

Martina l'avait suivi de l'autre côté du pont, elle marchait lentement, les yeux fixés sur la silhouette qui s'éloignait rapidement à travers le champ. Puis Mirko s'était arrêté, juste au milieu. La voiture de Paolo, sur le pont, ressemblait à un astronef, avec ses portières ouvertes et les lumières rouges et vertes de la radio éclairant l'habitacle.

Ils n'avaient rien dit, ils s'étaient fait face en silence comme deux pistoleros au centre d'un plateau, dans l'attente du premier tir. Ç'avait été elle. Elle avait fait un pas et lui était tombée dessus. Ils avaient roulé au sol. Ils s'étaient embrassés. Et c'est tout. Le cœur de Martina battait, elle pensait que toutes les autres fois avaient été différentes de celle-là, que dans ce champ ils s'embrassaient vraiment pour la première fois. Et puis Paolo avait sifflé. Un sifflement strident et prolongé, comme sur un stade, pour les rappeler à l'ordre.

Devant l'eau noire du canal, comme ils remontaient dans la voiture, Mirko lui avait serré la main pendant un instant.

Avant de partir, ils avaient bu. Paolo avait emporté du vin rouge, pétillant et douceâtre, qui crépitait dans les gobelets en carton, du faux vin en pack, du genre à tacher les lèvres et à laisser la langue bleue.

Greta en avait bu trois verres sans respirer, l'un après l'autre, et elle avait été malade. Ses yeux étaient devenus brillants et étroits, comme si elle avait eu la fièvre. Elle était descendue à toute vitesse et s'était appuyée à la rambarde, au bout du pont, tournée vers le champ. Elle s'était penchée d'un seul coup, la tête en avant et l'autre bras replié sur l'estomac. Elle avait vomi : un arc rouge, très rapide. Et le son du liquide sur l'herbe. Les autres avaient ri, ils continuaient à rire, assis dans la voiture aux portières ouvertes, le verre à la main.

Sur le maillot blanc de Greta, à hauteur des seins, il restait une tache rouge sombre, en forme de cœur.

À la mi-août, peu de temps auparavant, il y avait eu la fête du village, organisée sur la place, devant la caserne. Les baraques avec les fougasses et les frites emplissaient l'air d'odeurs lourdes et grasses. L'odeur de l'huile pénétrait partout, mêlée à celle du caramel des nougats aux amandes. Il y avait aussi la roulotte de la guimauve, comme un flash d'une autre époque.

Au centre de la place il y avait une petite estrade sur laquelle jouait un orchestre. Tout le bourg était là, jeunes et adultes, couples enlacés, vieillards avec leurs cannes. L'air n'était pas trop étouffant, il y avait une brise légère et piquante, comme quand il vient juste de s'arrêter de pleuvoir. L'orchestre jouait des chansons un peu vieillottes mais pas trop, ces chansons qui ont peut-être cinq ou six ans mais qui semblent d'un autre siècle, avec leurs mélodies et leurs textes sans âge, des chansons qui font surgir la nostalgie d'autres étés, d'autres fêtes paysannes, d'autres amitiés, une nostalgie fugace et trouble, désagréable.

Mirko, Martina, tout le groupe et cinq ou six des plus grands, étaient dans le petit jardin derrière la baraque à glaces. Dans l'obscurité, assis sur les bancs, ils mangeaient des frites dans une barquette en carton, en silence, et buvaient dans le même verre sans paille un Coca gigantesque avec plein de glaçons. Les haut-parleurs débitaient une musique désordonnée et frénétique, à laquelle ils opposaient Oasis à plein volume, avec le magnétophone portable de Mirko. Ils chantaient tous ensemble par-dessus la voix monotone et suffisante du chanteur, très anglaise, en chantant faux : nobody ever seems to remember life is a game we play.

On aurait dit qu'ils attendaient tous quelque chose, pleins d'ennui mais vigilants. Les plus grands fumaient un joint, soufflant des cônes de fumée douce vers la cime des arbres. Martina était assise près de Mirko, la tête appuyée sur son épaule et déjà gagnée par les fourmillements du sommeil. Elle balançait ses jambes en effleurant avec ses chevilles celles de Matteo, assis à côté d'elle. Matteo était fatigué lui aussi, comme d'habitude, ses yeux bleus se fermaient et s'ouvraient lentement.

Soudain, au-dessus de leurs têtes des feux d'artifice avaient explosé. Grands éclats de lumière dans un ciel noir rempli d'étoiles. Ils descendaient juste sur eux, s'élargissant en tache d'huile dans le ciel. Des girandoles orange aux pointes blanches, une pluie de bleu et de rouge, de vert, de violet. Très rapides, les feux se succédaient en cercles concentriques. L'écho des déflagrations consécutives faisait trembler le sol, déchirait l'air.

Ils étaient restés bouche bée, heureux d'un seul coup de l'été, de la fraîcheur de la soirée, d'être là, toujours amis et toujours les mêmes, après tout, sans rien faire, à se laisser exister tranquillement au milieu des hurlements effrayés des tout-petits sur la place, des rires, des couples qui passaient le long de la route enlacés, de la musique, du désordre. Martina avait serré le doigt de Matteo dans sa petite main, en souriant.

Dix ans, si grands, tous les deux.

15.

Dehors il y avait les champs de tournesols. La couleur très étrange qu'ils prennent à la fin de l'après-midi, quand la lumière décroît, et que les gros nuages orageux du mois d'août pèsent dessus. Le vert clair des tiges et le jaune sombre des corolles ployées. On dirait de petits hommes, la tête tombant de fatigue sur un cou grêle, tombant tellement qu'on ne voit pas le visage. En septembre ils deviennent noirs. Les tournesols deviennent toujours noirs en septembre, comme brûlés. Champs funèbres sous un ciel pâle.

Martina était assise sur le matelas, face à la porte ouverte sur les champs. Le vent frais soufflait dans la pièce et caressait la peau nue. La tête blonde de Matteo appuyée sur son ventre, le crâne rasé qui la grattait comme de minuscules aiguilles de porc-épic. Matteo avait les yeux fermés. Deux demi-lunes parfaites ourlées d'un réseau de veinules roses. Sa petite bouche entrouverte laissait apercevoir des dents très blanches. Martina avait enfoncé un doigt dans la bouche, jusqu'au fond, en faisant glisser l'index sur l'arête des dents, effleurant les gencives tendres, le palais, la langue, jusqu'à ce qu'il se réveille en toussant comme s'il était sur le point de s'étrangler. Alors Martina avait penché sa tête vers la sienne, en lui tenant les joues entre ses petites mains. Elle le regardait droit dans les yeux, sans sourire. Elle avait approché ses lèvres et l'avait embrassé tout doucement. Les bras du garçon s'étaient soulevés pour entourer le dos maigre de la fillette, sa nuque, et l'avaient serrée avec force.

Les trois autres dormaient sur le grand matelas, corps emmêlés, abandonnés, au milieu des vêtements et des draps froissés : Mirko avec un bras sur les yeux, le short délacé, Greta appuyée contre sa jambe, le corps enroulé dans un pan de drap, Luca au bout, du côté des pieds, la tête qui glissait à bas du matelas et les bras allongés par terre. Les autres, mais pas eux deux.

Martina avait regardé ses sandales rouges jetées dans un coin de la pièce, une lanière déchirée, et elle avait pensé à son père. Ces sandales rouges étaient un cadeau de son père. Un samedi matin, en décembre, de bonne humeur il l'avait emmenée faire un tour à Bologne. Ils avaient traversé la piazza Maggiore en se tenant par la main, comme des centaines d'autres pères avec leurs enfants, ils avaient regardé les pigeons voleter d'un bout à l'autre de la place, et ils avaient mangé des marrons grillés dans un cornet, en marchant et en serrant leurs mains sans gants sur le papier pour les réchauffer. Puis il avait dit qu'il voulait lui faire un cadeau, quelque chose dont elle avait envie, et via Indipendenza, dans une vitrine, Martina avait vu du coin de l'œil en passant ces sandales d'enfant, rouge feu, avec des lanières bleues, une semelle épaisse en caoutchouc et un bout rond. Elle avait dit : celles-là, et son père les avait achetées.

À peine sortis du magasin, avec les vieilles chaussures

dans une boîte et les nouvelles aux pieds, elle avait vu son reflet pendant une fraction de seconde dans la vitrine et elle avait pensé avec angoisse que son pied grandirait tôt ou tard et qu'elle ne pourrait plus les mettre.

16.

Soudain il s'était passé quelque chose. Encore une fois, un déplacement imperceptible, un déraillement. Cela prenait naissance au sein du groupe, sans qu'ils sachent si ça venait de l'un d'entre eux pour se propager aussitôt à la façon d'un virus contagieux, ou s'il s'agissait plutôt d'une fièvre collective montant au même rythme en chacun, comme si le groupe était un organisme autonome qui en les englobant annulait toute différence. Un cœur multiple, immense, qui battait à son rythme propre, violent et incontrôlable.

Les hiérarchies internes s'étaient encore précisées. Mirko avait un peu élargi les limites de son pouvoir, il l'avait consolidé en introduisant des variantes dans les jeux, mais les autres n'avaient opposé aucune résistance, ils n'avaient pas posé de questions, ils ne semblaient même pas surpris, ils avaient accepté que le chef reconnu confirme son pouvoir. Ce n'était pas de la passivité : simplement, les suggestions de Mirko correspondaient à ce que tôt ou tard il faudrait faire, à une évolution nécessaire.

Dans la cabane régnait un silence étouffant. Le magnétophone était éteint. Ils étaient tous assis sur le matelas, muets, immobiles. Ils attendaient. Ils attendaient que Mirko fasse quelque chose, car il était évident, rien qu'à voir son visage, que cet après-midi serait différent. Quelque chose se préparait qu'ils ignoraient, quelque chose de nouveau. Mirko avait ouvert le sac et jeté sur le lit un paquet de journaux. En atterrissant, ils avaient fait un bruit sec et violent, comme le claquement d'un fouet.

Les revues étaient différentes, cette fois, vraiment différentes de toutes celles qu'ils avaient utilisées jusqu'alors. Comiques, pour certaines : tous ces personnages habillés comme des clowns avec des pantalons de cuir, des anneaux partout et des fouets à la main. Leurs expressions amusées et un peu hébétées. Certains avec un air méchant, mais on comprenait qu'ils faisaient semblant. Et puis, une revue différente était sortie du tas. Mirko l'avait tirée du sac et fait glisser au milieu des autres d'un geste rapide de la main. En noir et blanc, sobre, elle aurait pu passer inaperçue, avec ses pages plus petites.

Ils l'avaient feuilletée en silence. Sans faire de commentaires. Greta haussait les sourcils parce qu'elle était au bout du lit, du côté du mur, et que les dos des autres assis sur le bord du matelas lui bouchaient la vue. Martina était dans les bras de Mirko, assise entre ses cuisses écartées, le dos appuyé contre sa poitrine. Bruit mouillé de la peau en sueur, chaque fois qu'elle bougeait.

Les photos étaient laides, surexposées ou trop sombres, avec beaucoup de grain. On aurait dit des photocopies de photocopies.

Aucun d'entre eux n'avait jamais demandé à Mirko où il trouvait ces revues, mais cette fois la question était venue spontanément.

Mirko n'avait pas répondu, il avait allumé une cigarette en la tirant du paquet avec les dents et il avait soufflé la fumée vers le haut. Spirale bleue montant vers la fenêtre ouverte.

La première photo : un homme, trente, trente-cinq ans, les mains liées avec une corde à un crochet, les bras en l'air. Un harpon à baleine planté dans le ventre et un fer long et fin enfilé dans l'ouverture du sexe. Les yeux, deux orbites vides.

Un homme, la trentaine lui aussi, le scrotum cloué sur une planchette en bois et le prépuce cousu avec un gros fil de nylon.

Une femme plus très jeune, pas très belle non plus, nue, les poignets attachés, jetée au sol sur le ventre, les cheveux enroulés autour du cou et un objet pointant entre ses fesses. Un objet étroit et long, peut-être un bâton, mais on ne pouvait pas savoir.

Puis une série de photos qui se suivaient, un reportage intitulé Branding. Sur la première photo, une femme vue de dos, les bras en l'air, les poignets liés à une corde fixée au plafond, les jambes écartées sur des talons démesurés et le cul offert à la caméra, juste au centre de la photo. Un cul blanc et parfait, en forme de mandoline. À côté d'elle, à genoux, un homme encagoulé, le bras musclé tenant un énorme fer à marquer le bétail, en approchait l'extrémité fumante de la fesse gauche de la femme.

Sur la page suivante, l'homme en cagoule avait disparu, avec son bras musclé et l'énorme outil. L'objectif cadrait la fesse de la femme, marquée au fer. La peau gonflée, à vif autour du dessin d'une rose avec ses épines : de la chair cuite, comme un bifteck saignant.

Dans le paquet de nouvelles revues, il y en avait une autre en noir et blanc. Les photos étaient belles, les corps lisses et bronzés, les poses sensuelles et langoureuses. C'étaient des enfants, des enfants de leur âge. Ils couraient sur une plage, se jetaient dans l'eau, les muscles des jambes tendus et brillants d'huile solaire, la peau luisante et tendre, les cheveux en désordre. Il y avait des filles allongées au milieu des rochers troués par les vagues. Elles regardaient l'objectif avec des yeux écarquillés. Sans sourire. Les os du bassin saillaient des hanches étroites et des lignes tendues du ventre. C'étaient des photos tranquilles, hors du temps, on aurait dit des petits dieux de la mer et des bois. À l'écart de tout. Comme eux, oui, mais encore différents.

Cette revue, ils l'avaient feuilletée sans trop d'intérêt. Sans conviction. À la fin, entre les deux dernières pages, il y avait d'autres photographies tenues ensemble par une agrafe. Toujours des enfants. Certains très jeunes. Ces photos n'étaient pas belles comme les précédentes, elles ressemblaient à celles des autres revues, sombres, sous-exposées. Les ombres mordaient les visages et les rendaient effrayants. Ici, pas d'adultes, mais on sentait leur présence, ils étaient là, tout autour, animaux aux aguets, les griffes déjà plantées dans la chair de leurs proies. Des enfants enlacés, travestis, maquillés, les mains enfoncées dans la chair, les bouches pleines de morceaux d'autres corps, doigts, sexes, cheveux.

Ils jouaient avec des objets, des phallus en caoutchouc, des bouteilles.

D'un seul coup, en regardant les photos, Mirko avait repensé à ce que lui avait dit le vieux, le type qui conduisait la voiture blanche et faisait semblant d'être jeune, comme s'ils avaient le même âge et qu'ils étaient tous les deux écervelés et prêts à tout. Cela le mettait mal à l'aise, parfois aussi cela lui faisait un peu pitié.

Si toi et tes amis vous faisiez quelques photos, comme ça, pour jouer, quelques clichés, il y a de l'argent à se faire… ça te déplairait pas trop, d'avoir quelques sous en poche, si ?

Penses-y.

Il y avait eu un éclair dans sa tête. Il pouvait le faire, oui. Il ne dirait rien, il le ferait et c'est tout, sans les prévenir. Il les prendrait par surprise, ils ne comprendraient pas et ne s'opposeraient sûrement pas à lui. De l'argent, on en a toujours besoin. Et avec deux photos, on ne fait de mal à personne.

Après ces revues, ça n'avait plus été pareil. Ils avaient laissé tomber pendant un moment. La place ressemblait à un désert. Mirko était parti pendant deux jours sans dire où il allait, Martina avait eu de la fièvre. Greta était allée au bord de la mer.

Mais ça n'avait pas duré longtemps, au bout d'à peine une semaine ils étaient de retour à la cabane, tous. Même Greta : sa grand-mère était tombée malade et toute la famille avait dû revenir.

Ils avaient recommencé comme au début, comme si ces

revues, les dernières, n'avaient jamais existé. Ils avaient repris les anciens jeux, les jeux simples qu'ils connaissaient bien. Mais ils éprouvaient un sentiment étrange, qui ne pouvait pas s'exprimer avec des mots, une sorte de mensonge muet.

Ils n'étaient plus les mêmes.

L'après-midi où ils avaient recommencé, Greta était bizarre. Elle disait qu'elle avait faim puis sommeil puis qu'elle s'ennuyait. Une plainte continuelle, jusqu'à ce que Martina se mette à l'embrasser dans le cou tout doucement, comme elle aimait. Alors elle s'était calmée, hypnotisée.

Ils l'avaient ligotée, c'est Martina qui l'avait fait, en suivant les instructions de Mirko. Les deux autres regardaient. Greta riait, elle avait l'impression d'être un saucisson avec tous ces tours de corde autour des jambes et des hanches. Mais quand Mirko s'était approché et avait tiré les extrémités de la corde pour de bon, elle avait cessé de rire, tous ces nœuds étaient trop serrés, sa peau commençait déjà à devenir livide et à la piquer. Une armée de fourmis qui parcourait son corps en mordant. La tête lui tournait, maintenant elle avait un tour de corde même autour du cou et elle respirait plus lentement. Elle s'était assoupie, s'abandonnant sur le matelas.

Ils l'avaient laissée là, allongée sur le lit avec les chevilles attachées et les poignets bloqués avec un gros mousqueton. La cire d'une bougie rouge fondue sur son cou, son ventre, la peau rougie par plaques. Martina était bâillonnée et au-dessus d'elle Luca tenait ses mains emprisonnées dans les siennes.

Mirko se tenait debout devant le lit, une corde enroulée autour de la main droite et l'extrémité tendue par la gauche, en manière de fouet.

Cela les avait amusés pendant un moment. Ce n'était pas sérieux, ils riaient même. Martina, plus tard, entre les bras de Mirko, la main du garçon entre ses cuisses, sur l'endroit secret, avait entamé ce jeu qu'ils connaissaient, un jeu qui finissait par deux ou trois mouvements violents et des battements de cœur. Ses dents pointues avaient laissé une marque rouge sur l'épaule de Mirko. Une demi-lune dentelée, parfaite.

Ils n'avaient rien dit. Ils s'étaient levés et ils avaient rangé : cordes, bougies, mousquetons, le tout dans le sac de Luca, caché derrière une caisse dans la cabane. Ils s'étaient salués devant la porte de l'immeuble, sans faire de projets.

Le soleil avait déjà disparu derrière les champs.

17.

Le lendemain, Mirko était bizarre. Dès son arrivée sur la place, il avait commencé à donner des ordres secs et précis. Luca devait passer prendre un sac avec du matériel qu'il avait oublié devant le garage, chez lui, on se retrouverait à la cabane. Matteo avait écouté en silence, puis il s'était éloigné sur la route, les jambes appuyant mollement sur les pédales. La route était tellement longue de toute façon qu'il mettrait un siècle même en se défonçant.

Luca avait filé, avec Greta en selle derrière lui. Il secouait la tête, agacé par le contretemps.

Martina restait silencieuse, elle savait que lorsque Mirko était de cette humeur il valait mieux se taire et ne même pas le regarder. En baissant les yeux, elle était montée derrière lui et avait posé les mains sur ses hanches. La vitesse lui donnait l'impression d'être tirée en arrière par un élastique géant et elle avait un peu peur de tomber.

À l'intérieur de la cabane il faisait encore plus chaud que dehors. Mirko s'était déshabillé aussitôt et d'un geste rapide et sec de l'index il avait fait signe à Martina d'en faire autant.

Il y avait un malaise, peut-être à cause de la chaleur, peut-être parce qu'ils étaient seuls et ne savaient pas quoi dire. Il s'était approché d'elle pour la première fois avec une sensation aiguë et gênante de peur. Il l'avait fait tourner et avait commencé à caresser les contours de son corps sans penser à rien, mais des décharges électriques parcouraient tous ses nerfs.

Le corps d'une fillette est différent de celui d'une femme. Ce sont des filles toutes les deux, mais ce n'est pas la même chose.

Mirko passait les doigts légèrement sur le dos de Martina. Vue ainsi de derrière, elle ressemblait à un garçon, hanches étroites et concaves, petit derrière, jambes musclées. Dos droit et long. Différente seulement par ce détail au milieu du corps, devant, une fente étroite et lisse au lieu d'un petit tas de viande rose foncé qui pend.

La main de Mirko est osseuse, avec de grosses jointures. Elle a des rides profondes, sombres. Toute la main est sombre. Elle paraît toujours bronzée, même quand son visage est pâle.

Les ongles courent lentement sur la peau de Martina, sur son dos lisse, sur ses épaules, ses bras. Ils laissent des marques blanches qui disparaissent rapidement. Seul demeure un léger trait rosé qui n'est plus là le lendemain. Mais tant que la marque blanche reste, on dirait des vers blancs qui courent sur la peau, silencieux et très lents.

Mirko observait en silence, concentré, le dessin que ses ongles carrés laissaient sur la peau de Martina. Il s'y perdait, il avait l'impression de traverser la peau pour se retrouver à l'intérieur du corps, parmi les tendons, les muscles, le sang, la chaleur, les pulsations rapides, les contractions du cœur.

Matteo n'était pas encore arrivé, avec son vélo, quand il n'était pas en forme il pouvait mettre une éternité.

Luca était dehors avec Greta, ils déchargeaient le matériel du scooter.

Ça pouvait être différent, quand ils se retrouvaient seuls. Lui et Martina. L'envie de faire mal se recroquevillait quelque part à l'intérieur pour disparaître complètement. Il restait là, neutre et vide comme devant un paysage naturel trop grand et majestueux pour qu'on puisse le comprendre vraiment, même juste essayer. C'était comme dans certains films, comme ce que racontaient certains de ses amis plus grands : un homme et une femme. Enfin, un adolescent et une fillette, d'accord. En tout cas, ça devenait plus grave et plus délicat à affronter.

Les doigts glissaient sans rencontrer d'obstacle, il regardait fixement un angle de la cabane, vide comme ses yeux. Plus rien d'autre n'existait que ses doigts qui touchaient la peau d'une fille et ça ne faisait venir aucune envie, aucun désir de la prendre, aucun désir de sexe. C'était un contact. Comme caresser un chien, un chat, n'importe quel animal docile et indifférent. Il s'ennuyait ? Peut-être que ce n'était pas vraiment de l'ennui, mais quand il se réveillait de cette sorte de coma, il se sentait malade. Ou plutôt convalescent. Son énergie s'était perdue, pour la faire revenir il avait besoin de se sentir méchant.

Greta et Luca étaient entrés à l'improviste, sans se faire annoncer par aucun bruit. La porte s'était ouverte et la lumière avait inondé la pièce, dense et écœurante tellement elle était chaude. Chargée d'une odeur d'herbe décomposée et de boue sèche.

Mirko avait retiré sa main brusquement, comme si on l'avait surpris en train de voler. Martina n'avait rien fait, elle ne s'était même pas retournée.

Alors ? Combien de temps il va mettre, Matteo, merde ?

Il avait trouvé la voix juste, désagréable et froide. Méchante, heureusement.

Vous deux, vous avez pris tous les paquets, même ceux de mon scooter ? Vous avez pris la pochette blanche attachée sous le guidon ?

Greta et Luca étaient restés bouche bée, ce n'était pas dans le contrat qu'il se tape Martina tout seul, sans rien dire. Qu'est-ce que ça signifiait ? Lui qui rabâchait toujours que seul le groupe comptait, qu'on devait être tous ensemble, qu'il n'y avait pas de couple qui tienne !

De nouveau, le timbre métallique de sa voix les avait effrayés.

Qu'est-ce que vous regardez, bordel, avec ces têtes de merlans frits ? Installez tout, vite. Non, pas la pochette, celle-là je la garde, passe-la-moi.

Luca lui avait passé la pochette sans piper mot et il avait commencé à sortir les affaires des sacs. De nouvelles provisions. Deux draps blancs un peu élimés. Une corde. Une torche.

Matteo était enfin arrivé. Son visage était tout rouge, et la sueur qui lui coulait dans le cou dessinait de larges auréoles sur son maillot, faisant paraître encore plus grand et flou le monstre qui l'ornait. C'était son maillot préféré. Noir et beige, divisé en deux, avec dans la partie supérieure une inscription en caractères gothiques ruisselant de sang : Death Power, dans la partie inférieure le dessin d'un visage émacié, avec des yeux de démon, rouge et jaune. Il faisait partie de sa collection. Quand il était petit, il les appelait « les maillots-monstres ». Il en avait une quantité, qui horrifiaient sa mère mais suscitaient l'envie de tous ses camarades de classe. Un cousin qui était toujours en vadrouille à travers le monde les lui offrait.

Il avait pédalé sans hâte, la tête un peu penchée sur le côté pour bien entendre le bruit des roues sur le goudron lisse et les gravillons qui crépitaient sur certains tronçons de route abîmés. Les camions le frôlaient en faisant claquer ses pantalons larges en toile, qui lui arrivaient à mi-mollet. Sur le mollet droit, une cicatrice longue et rouge, laissée par la morsure d'un cocker noir, lorsqu'il avait cinq ans. Quand elle est à l'air, elle le démange, mais ce n'est pas gênant, il aime bien se rappeler son courage de cette fois-là : il n'avait même pas pleuré.

Il semblait distrait, la tête dans les nuages, comme le lui disait toujours sa mère, en réalité il était hyper concentré, non pas sur les camions qui le frôlaient ni sur les gens qu'il croisait, mais les yeux et l'ouïe attentifs à la texture granuleuse de la route, aux variations d'inclinaison de celle-ci sous les roues, concentré aussi sur ce qui l'attendait à la cabane, tout à l'heure.

Maintenant il paraissait fatigué, mais de bonne humeur. Il souriait. Les autres, en revanche, étaient très sombres. Cris, rebuffades, paroles vexantes.

Ils avaient bu de l'eau puis Luca avait roulé un joint. Mais seul Mirko fumait, les autres le regardaient. Les nouvelles revues attendaient dans la pochette en plastique blanc, froissée et pleine de marques de doigts noires.

Les nouvelles revues.

Le moment venu, Mirko ouvrit la pochette et la jeta par terre, au centre de la cabane.

Alors, vous êtes d'accord pour jouer ? Regardez bien, là on est sur une autre planète, celles-là c'est autre chose que celles qu'on a vues jusqu'à maintenant.

Tous silencieux.

Encore des enfants. Comme la fois précédente. Mais pas de bois et de sources, pas de paysages marins idylliques. Quatre murs, une pièce sale. Des corps petits et nus, liés, bâillonnés, blessés. Les yeux cachés par un rectangle noir.

Ces photos ne plaisaient pas du tout à Luca, il aimait les grosses blondes avec des nichons comme ça et beaucoup de poils. Ce qu'il voyait là n'avait aucun sens pour lui.

Les deux filles regardaient sans poser de questions. Greta avec l'air de s'ennuyer, Martina intéressée mais muette.

Sur une des deux plus grandes photos, il y avait une fille de leur âge, habillée en pute, maquillée, avec des bas, des chaussures à talons hauts dans lesquelles ses pieds minuscules flottaient, et les jambes ouvertes face à l'objectif. Les mains attachées derrière le dossier de la chaise et le regard sombre. C'était la seule photo sans le rectangle noir sur les yeux. Cela la rendait différente de toutes les autres : c'était quelqu'un. Avec le rectangle noir, tous les visages devenaient des ovales pâles de papier, un menton, des joues, un profil ; sans les yeux, un visage humain est pareil à celui d'un mannequin. Il n'exprime rien, ni douleur ni peur. Peut-être alors qu'ils laissaient le rectangle non pas seulement pour qu'on ne reconnaisse pas l'enfant, mais aussi parce que la peur et la douleur ne sont belles que si elles n'ont pas de nom.

Martina s'était approchée pour regarder au fond de ces yeux, la pupille était dilatée et les yeux semblaient secs, elle ne pleurait pas, mais peut-être qu'elle allait le faire sous peu.

Sur la photo suivante, il y avait un homme avec la même fillette. On ne voyait pas son visage, on voyait seulement des mains grasses et velues, un ventre proéminent et un machin énorme qui pénétrait à l'intérieur de la fille. Maintenant oui elle pleurait. La bouche fendue par le bâillon serré et le maquillage qui coulait. Entre ses jambes, l'endroit où l'homme s'était introduit en les lui écartant semblait déchiré.

Une autre photo. Une fillette étendue sur le sol, son corps maigre seulement couvert d'une robe très courte et moulante, bleu ciel. On voit juste un bras de l'homme, un bras robuste et massif qui tient celui de l'enfant, mince et tordu comme s'il était cassé. Les yeux couverts par le rectangle habituel, blanc cette fois.

La bouche de la fillette : un trou ouvert avec les dents serrées. Les animaux se défendent comme ça. C'est l'impression que la photo avait faite à Martina : un petit animal blessé, déchiqueté à mort par un adversaire beaucoup plus fort et invincible, qui plonge de très haut et, littéralement, atterre. La photo ne rendait pas le hurlement, le hurlement suraigu et déchirant qui était sûrement sorti de cette bouche.

Et alors ? Personne ne dit rien ? Ça ne vous impressionne même pas ? C'est un peu lourd, mais bon, on est entre nous, il n'y a pas de problème… À moins que vous n'ayez peur de quelque chose ?

Mirko les regardait fixement, un rictus sarcastique enlaidissait son visage maigre et pâle.

Non, ils n'avaient pas peur. Peur de quoi ? C'était bizarre, voilà tout. Ces corps-là n'étaient pas comme ceux des autres revues. Ils ressemblaient aux leurs. Pas besoin de faire travailler leur imagination, des corps comme ceux-là ils en avaient à portée de main, ils n'étaient pas inaccessibles. Mais qu'est-ce que ça avait à voir avec les adultes ? Avec l'homme à la bedaine et aux mains velues ? C'était quoi, ces photos ? Et à qui étaient-elles destinées, à eux ? Ou aux adultes ? Mais alors, ça peut se mélanger, les enfants et les adultes ?

Embarrassés, ils avaient cherché à changer de sujet, à faire quelque chose d'autre, aucun d'eux n'avait envie de jouer à ce moment-là. Et puis Mirko, d'un geste de la main, avait invité Greta à s'approcher. Il avait une expression blasée et supérieure, comme quand la maîtresse l'interrogeait et que Greta n'avait pas appris ses leçons. Elle s'était laissé toucher : les cheveux, la bouche, les épaules, le ventre, les jambes. Mirko l'avait retournée et lui avait serré le cou avec un bras, la bouche près d'une de ses oreilles.

Maintenant on fait comme je dis, tu te tais, d'accord ?

Ils regardaient tous en silence, inquiets. Avec la corde que Luca avait enroulée autour du globe terrestre, celle qu'ils avaient utilisée le jour précédent, il l'avait attachée à la chaise, les bras derrière le dossier. Il lui avait fait écarter les jambes. Le pantalon de toile blanche s'était déchiré au milieu. Un petit trou au centre, une ombre de peau rose.

Mirko était allé un peu plus loin, puis d'un seul coup il avait arrêté. Il avait passé une main sur ses cheveux mouillés de sueur, il avait soupiré.

C'est la chaleur, il fait trop chaud, aujourd'hui.

Ils s'étaient allongés sur les matelas, dans un état semi-comateux, les yeux troublés de sueur et la peau brûlante. Ils étaient restés immobiles pendant plus d'une heure, en silence. Il n'y avait rien à dire. Mais à comprendre, si. Quelque chose était en train de changer, à cause des photos. Ils ne parvenaient plus à rire. Ni à s'amuser. C'était comme une obligation, pénible, désagréable. Un mensonge, des sentiments qu'ils n'éprouvaient nulle part en eux.

Martina s'était rappelé cet après-midi de l'année dernière, à la piscine, quand elle s'était baignée avec Greta et qu'elles avaient ri en s'éclaboussant. D'un seul coup Greta avait plongé dans l'eau et elle avait jailli comme si une main invisible la poussait par en dessous, son corps mince cambré en l'air, l'eau avait ruisselé à l'intérieur de son maillot et l'avait gonflé pendant une seconde. À présent ces jours-là étaient morts. Ces éclats de rire, comme quand la dame obèse sur le transat étalait de la crème sur ses cuisses aussi grosses que des jambons, tout ça n'existait plus.

Les éclats de rire. Si on pouvait à partir des éclats de rire mesurer la température de l'amitié, alors Martina pouvait dire que maintenant on était en dessous de zéro. Du sang froid de reptiles.

Tous silencieux. Les mots étaient des bulles gonflées de salive qui flottaient dans l'air irrespirable de la cabane et allaient crever contre le plafond sans faire aucun bruit. Martina, allongée bras ouverts sur le matelas, les mains paumes en l'air, imaginait toutes ces bulles molles et lentes qui montaient vers le plafond en s'effleurant mais sans jamais s'unir. Ils étaient comme ces bulles : ils se tournaient autour sans se pénétrer. Et pourtant, avant, c'était différent. Elle aurait voulu être à la maison, revenir en arrière, avant cet été, avant tout, effacer les derniers mois et se trouver catapultée exactement sur le trottoir devant l'immeuble, elle encore petite et tous les autres enfants autour qui se disputent et se volent des jouets en se les arrachant des mains avec des hurlements forcenés et assourdissants. Des gestes simples et compréhensibles. Son monde à elle. Le monde normal. Sans rêves moches et sans manœuvres dangereuses. Mais elle est là maintenant, sur le matelas de cette cabane, avec les autres autour d'elle qui font semblant de dormir. Elle a des piliers de béton armé à la place des jambes et la tête lourde comme une pastèque gonflée d'eau. Sa main droite traverse lentement le lit, en marchant sur les doigts, jusqu'à l'épaule de Mirko. Puis sur le cou en sueur, aux veines gonflées, sur les cheveux mouillés, collés à la peau. Mais il ne bouge pas, aucun d'eux ne bouge.

C'est Mirko qui rompit le silence. D'une secousse rapide de tout le corps il s'était assis. Il avait allongé un bras vers le tas de revues, les avait poussées en arrière. Un geste étrange, compliqué de mille hésitations. Finalement il laissa la main tomber dessus, d'une grande claque doigts ouverts qui les prit tous par surprise.

Ça ne veut rien dire, tout ça, d'accord ? On peut aussi s'en passer, on peut aussi arrêter tout si vous devez faire ces gueules. Je n'en ai rien à foutre, moi, vous me gonflez, tous, avec vos airs…

Il se leva du lit et commença à s'habiller avec des gestes rapides et agacés. Martina l'avait regardé sans rien dire, la main inerte, immobile, là où elle avait glissé quand Mirko s'était levé. Elle la sentait énorme, cette main, une main de pierre. Et elle était tout entière comprimée et contenue dans ces cinq petits doigts aux ongles rongés.

Même Mirko la trouvait lourde, cette main, comme si elle lui avait enserré le cou dans ses griffes et qu'elle ne voulait plus le lâcher. Des petits doigts glissés telles des échardes sous la peau.

Greta et Luca restaient silencieux, les yeux fixés sur le dos de Mirko, qui fermait la ceinture de son pantalon en faisant rouler les muscles de ses épaules comme un nageur qui se chauffe avant de plonger. Puis la colère était retombée et, tandis qu'il serrait sa ceinture en la bouclant au cran habituel, quelque chose en lui avait explosé, et il avait eu envie de rire. De rire et de hurler, avec les autres. Il ne pouvait pas, il ne pouvait pas s'en aller, tout simplement, il n'y arrivait pas. Deux mois que sa vie tout entière était là, dans cette cabane. Le pouvoir était là, il suffisait de se calmer, de reprendre le contrôle de la situation. Il pouvait le faire, bien sûr qu'il pouvait. Il devait, même. Les marques de la main de Martina s'étaient effacées, voilà, maintenant il n'en restait plus la moindre trace. Il s'était tourné vers eux, il les avait regardés dans les yeux, un par un, et il avait éclaté de rire à nouveau. Et eux avec lui.

18.

Au début ils avaient utilisé une brosse à dents. Le manche bombé d'une brosse à dents rose Hello Kitty orné de chatons avec des nœuds en file indienne. Tout simplement, comme un thermomètre. L'anneau aux minuscules fronces rose tendre s'était ouvert aussitôt, et la fillette n'avait pas protesté, elle avait dit que c'était comme ça que le docteur lui prenait la température quand elle était petite. Immobile, allongée sur le ventre, les jambes à peine écartées, nue, avec tous les autres rassemblés autour de ses fesses. Et puis ils avaient poussé trop fort. C'était Luca.

Je veux l'enfoncer en entier. Qu'est-ce qui se passe si j'enfonce aussi la partie large ? Et si ça ne ressort plus ?

Ils avaient ricané, tous, sauf Greta. Elle s'était retournée d'un seul coup et elle s'était fait mal. Alors ils avaient arrêté. Hello Kitty avait disparu dans le sac de Mirko et il en était sorti un grand sac de gâteaux d'apéritif au fromage pour le goûter, afin de faire la paix avec Greta. Pour aujourd'hui.

Le jeu avait continué. Pendant de nombreux après-midi, cette zone minuscule et étrange de leurs corps était devenue le centre de leurs expériences.

Même les garçons avaient permis aux doigts des filles de se fourrer là et ils avaient découvert qu'ils étaient tous plus ou moins faits de la même façon à cet endroit. Les différences s'annulaient dans cette zone restreinte des corps. Seulement ils ne comprenaient pas comment il était possible qu'une ouverture aussi petite puisse se dilater suffisamment pour accueillir des sexes de toutes tailles. Et même pire, d'après ce que disait Mirko, promettant que bientôt il leur révélerait de nouveaux secrets, mais que pour l'instant ils ne devaient pas se montrer trop curieux.

Il avait apporté l'appareil photographique. Il était caché dans le sac, avec la pellicule à l'intérieur et prêt pour le premier cliché. Un appareil rouge, brillant, de ceux qu'on offre aux enfants, avec zoom automatique et flash incorporé.

Il fallait quelque chose de fort, pour commencer en beauté. Il prendrait la photo au bon moment, sans donner d'explications. Il pensait à l'argent, Mirko. Avant tout à l'argent, même si, quand il faisait un tour dans le bourg, il avait peur. Les deux types surgissaient à l'improviste, quand il s'y attendait le moins, et vraiment il n'aurait pour rien au monde voulu qu'on le surprenne en compagnie de ces gens-là. Les autres ne devaient rien savoir, rien comprendre. Les photos, c'est lui qui les apportait, et il ne voulait pas que ses amis sachent qu'il y avait d'autres personnes, d'autres mains. Qu'il avait quelqu'un au-dessus de lui. Et puis il craignait que les types exigent quelque chose d'autre, lui demandent davantage que deux misérables photos : de voir, de participer. Ça pouvait devenir dangereux et il serait le premier à plonger. Il cherchait à ne pas se faire voir, à se cacher, tournant le visage de l'autre côté et accélérant le pas, mais les deux autres parvenaient toujours à le rattraper. La grosse voiture blanche formait une tache de lumière liquide et confuse dans ces journées étouffantes d'été, comme la route vue de loin, quand l'air tremble à cause de la chaleur montant de l'asphalte, quand l'air devient un lac, une étendue liquide aux formes étranges. La voiture ne faisait presque pas de bruit, c'était une diesel immense, avec des vitres fumées et des rideaux derrière les vitres. C'est le type assis à la place du passager qui lui adressait la parole en premier, chaque fois. La voiture s'approchait, roulant au pas. La portière arrière s'ouvrait avec un bruit amorti et il devait monter. Il s'asseyait sans même saluer. Ce n'était plus comme au début, quand il pouvait crâner et dire deux ou trois conneries avec eux. Maintenant il restait silencieux, la tête penchée en avant et les mains posées sur les genoux. Le regard baissé. Il attendait qu'une main lui tende l'habituelle pochette en plastique blanc. Il attendait le double rictus qui se dessinait sur les profils des deux hommes quand ils s'apprêtaient à le laisser descendre avec son trésor serré sur sa poitrine. Il avait peur qu'ils n'ajoutent quelques mots, parce qu'il savait que ce jour allait arriver, inévitablement. Mais ils semblaient tranquilles, ils prenaient leur temps. Comme s'ils avaient un plan à long terme, bien organisé, une stratégie lente excluant les écarts brusques, une figure géométrique parfaite. Il avait peur.

Quelques jours plus tard était apparue une nouvelle revue : *Japanese Fist.* À en juger par la couverture, elle pouvait paraître chaste. Le visage sombre d'une très belle fille japonaise au premier plan, le bras levé à hauteur de la tempe gauche, le poing fermé, les doigts serrés. Les jointures blanches et lisses. Les yeux brillants, maquillés de noir, les lèvres fines, pâles. Un bout d'épaule bronzée avec un idéogramme tatoué en rouge brillant.

Ç'aurait pu être une revue d'arts martiaux. Ou l'affiche d'un film d'action, avec une héroïne violente et désespérée qui se bat pour échapper aux monstres de la cité nocturne ou aux gangsters de la mafia chinoise.

À l'intérieur, cependant, les photos étaient d'une tout autre nature. La même fille que sur la couverture apparaissait nue, sur l'une des premières images elle était de dos, penchée en avant, les mains appuyées sur le sol, entre ses jambes on voyait son visage, et ses cheveux raides et fins venant effleurer ses mains. Au premier plan, au centre de la photo, son cul lisse et un peu plat, les fesses écartées et la fente brune au milieu, humide de sueur.

Sur la page suivante apparaissait une autre fille, assez ressemblante à la première, mais avec des cheveux courts et redressés au gel en minuscules cornes arrondies. Un bras gainé d'un gant très fin de caoutchouc bleu ciel, et le poing fermé dangereusement proche des fesses de l'autre fille, maintenant de profil, à genoux sur le sol nu. Des carreaux de céramique blancs et noirs, design.

La photo suivante : le poing de la fille gantée appuyé contre les fesses de la première.

Troisième photo : le poing bleu disparaît entre les fesses. La première fille a la bouche ouverte dans un hurlement, la deuxième rit, méchante, les petites cornes clairsemées sur son crâne lui donnent un air démoniaque.

C'est Martina qui tournait les pages, rapidement, le cœur battant à tout rompre. Curiosité, dégoût, peur. Et aussi le ridicule de la chose. Sur leurs visages alternaient l'ironie et le dégoût. Ils restaient silencieux, la musique était à plein volume dans la cabane, et la chaleur suffocante. Sur la table une bouteille géante d'orangeade amère déjà éventée et les écorces de melon envahies de mouches.

Matteo ne regardait pas, il s'était assoupi sur le matelas, la tête renversée sur le sac de Mirko, les bras en croix. Une mouche verte, aux ailes brillantes, marchait sur son nez. Il avait continué à dormir jusqu'à la fin de la cassette et le magnétophone s'était éteint avec un déclic. Alors il avait ouvert les yeux, et il avait vu Mirko avec une main enfoncée entre les jambes de Greta, une expression dure sur le visage, et les yeux brillants de Martina.

Luca était à côté de Mirko, la bouche et le nez enfoncés dans son épaule. Les muscles des bras rigides, les mains dans les poches du pantalon court. Greta ne disait rien, elle gardait les yeux fermés et son front était couvert de gouttes de sueur denses et minuscules. La joue gauche enfoncée dans le matelas, rouge et gonflée.

Les doigts de Mirko entraient profondément dans l'ouverture postérieure de la fillette, un doigt, deux doigts et puis trois. Greta pleurait, maintenant.

Matteo s'était levé en se frottant les yeux, il s'était approché des autres, mais il n'avait pas eu le courage de dire un mot, il y avait une tension mauvaise, une sorte de courant qui les reliait, vibrant et dur.

Greta continuait à pleurer mais d'une façon soumise, à

peine perceptible, ses larmes roulaient sur le matelas et elle ne disait rien. Les autres non plus ne disaient rien, les doigts de Mirko forçaient l'ouverture minuscule avec violence et son visage avait une expression qu'ils ne lui connaissaient pas, déterminée et féroce, comme s'il était en train d'accomplir un acte terrible, une opération qu'il devait à tout prix mener à son terme. Lui aussi commençait à transpirer et les gouttes tombaient sur le col de sa chemise, formant de larges auréoles. Matteo avait murmuré quelque chose, il avait tenté de poser une question, mais les mots s'étaient bloqués dans sa gorge. Tout était bloqué, dans la pièce, hormis cette main qui fouillait l'intérieur d'un corps, détachée du reste.

Matteo ne comprenait pas pourquoi Greta était au centre de cette scène. Elle jouait le rôle du cobaye et semblait l'accepter. Personne, en réalité, ne savait exactement pourquoi elle et pas Martina, ou Luca, ou Matteo. C'était tombé comme ça, et maintenant il fallait continuer ce jeu méchant. Les larmes de la fillette étaient une donnée objective, mais elles ne parvenaient pas à les émouvoir, ni à les arrêter. Martina ne se posait pas de questions, elle non plus. Elle restait là, hypnotisée, à observer la dilatation progressive de cette brèche dans le corps de Greta. Elle regardait les doigts entrer et sortir. Entrer et sortir. Seulement cela. Elle n'arrivait plus à voir le visage de la fillette, pas même celui de Mirko. Matteo restait lui aussi immobile à regarder, silencieux, les jambes tremblantes.

Soudain, Mirko avait arrêté. Il avait extrait ses doigts, maculés de sang et d'excréments, et s'était passé le dos de la main sur le front en sueur. Il avait regardé autour de lui, comme s'il cherchait quelque chose, puis ses yeux s'étaient éclairés, en s'arrêtant sur un objet posé sur la table, au milieu des écorces de melon et des mouches. Luca avait capté son regard et hasardé un commentaire. Mirko lui avait imposé le silence d'un signe vif de la tête et il s'était approché de la table, le bras allongé pour saisir la raquette de tennis.

Quand le manche était entré, forçant et déchirant l'ouverture, Greta avait hurlé, mais le hurlement avait été absorbé par le matelas contre lequel elle appuyait la bouche, et il n'en était sorti qu'un bruit sourd. Rauque comme les plaintes des chiens quand ils ont mal.

Juste la première partie du manche. Le sang coulait par les blessures tout autour de l'ouverture. Elle criait fort, maintenant, Greta, et elle n'arrêtait pas, Martina hurlait elle aussi mais elle ne faisait rien. Ils étaient là, pétrifiés, devant cette scène incroyable. Mirko manœuvrait la raquette qu'il tenait des deux mains comme un volant, il poussait vers le haut, il voulait que le manche disparaisse complètement dans le corps de la fillette.

Peut-être que ç'avait été Luca : le magnétophone avait rembobiné la bande et recommencé au début avec une chanson martelante et acide, une guitare électrique aux sons distordus, qui enchaînait des accords rapides et secs autour d'une voix qui disait quelque chose comme étends tes os sur ma peau, étire ta peau sur ma tête.

Le volume était haut et personne ne semblait y prêter attention. Ils ne faisaient plus attention à rien. Luca avait entouré la tête de la fillette avec une longue bande de scotch transparent, la bouche et les yeux et le nez et les oreilles. Les traits s'étaient écrasés sous la matière plastique, déformant le visage. Matteo et Martina tremblaient. Ce courant violent et dur les tenait encore ensemble, ils vibraient à l'unisson, toute la légèreté du jeu avait explosé en furie. Désordonnés, frénétiques. Puis, d'un seul coup, la tension était retombée. Il avait suffi d'un mouvement de Greta, qui tentait de se soulever sur ses coudes et d'enlever le scotch avec la main. Elle était retombée aussitôt. Et avec elle, tous les autres. La fillette abandonnée sur le lit, ensanglantée, décomposée, et eux en sueur et tremblants.

Ils étaient restés là immobiles, debout, pendant longtemps. Cela semblait un rêve, toutes les impulsions qui partaient du cerveau pour atteindre leurs nerfs se perdaient en route.

Peu à peu, ils s'étaient remis à bouger, le premier avait été Matteo qui s'était approché de Martina, avait enfoui son visage dans son cou et l'avait enlacée avec force. Et puis Mirko s'était approché d'eux et tout avait recommencé : pendant que Mirko pénétrait la fillette, Matteo continuait à lui tenir la main et c'est lui qu'elle regardait, et non celui qui était en elle, et puis, en tournant la tête brusquement sur le côté, elle avait vu Luca qui caressait le dos de Greta immobile sur le lit, le visage enfoui dans les couvertures, les yeux à demi fermés.

19.

Greta était renversée sur le matelas, pâle, le dos couvert de griffures rouges et gonflées. Aucun d'entre eux ne se rappelait comment elles avaient été faites, peut-être qu'elles dataient des jours précédents. Un téton était tranché net, à sa place il y avait un trou foncé, comme celui d'une balle. Là encore, ils ne parvenaient pas à se souvenir, peut-être une morsure, ou peut-être qu'en s'agitant sur le matelas elle s'était prise dans un mousqueton, ou dans quelque chose d'autre qui traînait au milieu du désordre.

Les draps s'imprégnaient de liquide, une matière dense et sombre coulait de son corps, du sang mêlé à quelque chose d'autre. Ils ne parvenaient pas à comprendre ce qui s'était passé.

Tous autour du lit, muets. Mirko fumait, il n'arrêtait pas, ça devait être la cinquième cigarette qu'il allumait. Ses yeux cachés derrière des verres foncés.

Greta respirait très lentement, une respiration à peine perceptible, par à-coups. Toujours plus lente.

Peut-être qu'il suffirait d'appeler quelqu'un… d'aller jusqu'à la première maison, après le champ, la jaune.

Celle des céramiques, là où ils vendent aussi des vases ?

Oui. Mais ensuite, quoi, comment.

Oui, ensuite, qu'est-ce qu'on dit, comment on explique... Des preuves partout, les revues, tout ce sang, et nous là-dedans, tout ce qu'on a fait, non, on ne peut pas dire que c'était un jeu, il n'y a que Mirko qui puisse le dire, mais après ? Après qu'est-ce qui va se passer, qu'est-ce qu'ils vont nous faire ?

Non, non, on ne doit rien dire. C'est encore pire si on parle.

Peut-être qu'elle ne va pas mourir, peut-être qu'elle va se ressaisir maintenant, c'était juste un moment...

Oui, mais elle a besoin d'un docteur, regarde, mais regarde le sang qui coule, comment on fait pour l'arrêter ?

Non, on doit rester silencieux. Pas un mot, compris ?

Et puis, ce qui est arrivé ici est à nous. Ça ne peut s'expliquer à personne, ils ne peuvent pas comprendre, les parents et les autres.

Comment on va faire, putain ?

Martina à genoux devant Greta, sa petite main dans les siennes, comme à Noël, la fois des décorations.

Je veux te raconter ça, Greta, cette chose que je pense depuis longtemps, mais que je n'arrive pas à dire, tu sais, il y a des endroits, la nuit, dans les champs, où j'ai pensé que peut-être on irait toutes les deux de temps en temps, des endroits où les lucioles se rassemblent et font une grande lumière, comme s'il faisait jour, et même s'il n'y a pas l'océan, quand on est devant, c'est comme être devant la mer. Une mer jaune de blé mais qui paraît bleue, la nuit, à cause des lucioles.

Toutes les fois que je t'ai touchée à l'endroit secret, j'ai senti que nous étions faites pareil et que toi tu aimais mieux ma façon à moi de le faire que celle des garçons. Les jeux que nous avons eus, tous, même les derniers, j'y ai participé parce que tu étais là et que tu me donnais du courage… Tu te plaignais tout le temps mais ensuite tu souriais et je n'avais pas peur puisque toi tu n'avais pas peur.

Je n'ai jamais pensé que nos corps pouvaient se faire du mal. Je ne me suis jamais demandé si ce qu'on faisait était juste ou pas, on le faisait, c'étaient nos jeux, c'était comme être frères et sœurs, c'était comme être grands, mais petits.

Mais je ne sais pas bien te l'expliquer. Tu ne dois pas être si mal en point, respire fort, renifle, lève-toi, je t'en prie, ouvre les yeux.

Elle avait l'impression de parler et pourtant elle ne disait rien, elle était là agenouillée sur le matelas, immobile, la petite main de Greta avec les ongles au vernis rouge écaillé entre les siennes. Silencieux, elle et tous les autres.

Combien de fois j'ai vu du sang.

Quel sang ? Le mien.

Celui de maman quand elle se blesse dans la cuisine en coupant les légumes. Celui de papa quand il fait un faux mouvement avec son rasoir.

Le mien : quand je suis tombée de vélo et que j'ai cogné du genou contre un muret blanc, plein de saillies, des petites montagnes de calcaire qui s'effritaient au contact de l'os.

J'avais un trou rond sur le genou et le sang giclait comme d'un robinet ouvert.

Celui qui sortait du nez de Cristian, à l'école, les grandes taches sur le mouchoir roulé en boule. Rouge vif.

Les grandes égratignures toutes gonflées de sang coagulé sous le poil du chat Nero quand il rentrait de ses bagarres.

Encore le mien quand je suis tombée à rollers et que j'ai glissé par terre sur les mains et les genoux. Il était rouge brillant. Clair.

Voilà le sang que j'ai vu.

Et puis celui de Greta.

Celui qui sort de Greta est plus sombre que tous les autres. Presque noir. Ou violet. Les blessures sur son corps, des lignes rouges et gonflées avec les bords ouverts, mous.

Tous silencieux. Aucun n'avait jusqu'alors vu un mort pour de vrai. Les grands-parents qui étaient morts, ils ne les avaient pas vus. On ne fait jamais voir les morts aux enfants, même quand ce sont des gens qu'ils ont aimés. Les enfants doivent conserver l'image de la personne qui était vivante et qui jouait avec eux. Les morts font peur aux enfants, sauf les morts pour rire. Ceux du cinéma ou de la télé ne sont pas de vrais morts. Ce sont des acteurs qui font semblant d'être morts, ou alors on voit de vrais morts, mais ce sont des images qui passent à toute vitesse sur un écran plat. Ce sont des corps inconnus. À la télé les morts pour rire ne font pas peur, et les vrais non plus.

Mais le corps de Greta, ils l'avaient sous les yeux.

Tandis que Mirko le traînait par terre depuis le lit et le roulait dans un drap, ils avaient vu ses bras et ses jambes se balancer mollement, même le cou était en caoutchouc et l'expression sur son visage était différente de toutes celles qu'ils lui connaissaient. La bouche pâle semblait en tissu : sèche et rugueuse. Les paupières étaient à moitié fermées, on voyait seulement un demi-cercle noir, une moitié d'iris éteint.

20.

Mirko avait été le premier à secouer cette torpeur. Il fallait faire quelque chose, remuer, sortir de là. Recommencer à respirer à un rythme normal, se désembrumer le cerveau. Il était parti sur son scooter sans dire un mot, sans même les regarder.

C'est lui qui devait résoudre cette histoire, lui qui devait s'occuper de tout, comme il l'avait fait jusqu'à présent.

Il poussait le moteur au maximum, et cette phrase qu'on dit dans les mariages lui tournait dans la tête : pour le meilleur et pour le pire jusqu'à ce que la mort vous sépare. Quelle connerie. Et pourtant, puisque c'est justement la mort qui les séparait, alors il lui revenait de gérer la suite, comme le reste. Conclure cette histoire calmement, sans se laisser gagner par la panique. Une fin précise, sans bavures. Il n'y avait rien à attendre des autres. Il fallait faire comme s'ils n'étaient plus là.

Vingt minutes plus tard, il était de retour avec la voiture de Paolo.

Pas de carabiniers aux alentours… pas plus mal… quinze ans, pas de permis et un cadavre dans le coffre. De toute façon on est à la campagne, et au mois d'août il n'y a pas un chat sur la route.

Mirko était furieux, mais il ne disait rien. Il avait tout rassemblé dans un grand sac-poubelle bleu, les revues, les bougies, les cordes, les mousquetons, les couteaux, tout, même les habits de Greta. Il avait tenu à jeter aussi l'appareil photo caché dans le sac. Tout devait disparaître, tout. Il fallait tout oublier.

Les autres, muets, immobiles, avaient peur même de respirer. Il se faisait tard, déjà six heures passées, il était temps de rentrer.

Tous ensemble ils avaient enroulé Greta dans les draps sales, ils l'avaient enveloppée comme un jambon, en faisant attention de ne pas laisser le sang couler sur le matelas nu.

Mirko avait pris Greta dans ses bras et il était sorti de la cabane, l'arrière de la voiture devant la porte, déjà en place, le coffre ouvert, il avait jeté le corps dedans avec le sac, comme s'il s'agissait du même genre de choses : des ordures, des affaires cassées, à jeter. Il avait chargé le vélo de Matteo sur le siège arrière, en jurant à mi-voix quand le guidon lui avait échappé et l'avait frappé au visage.

Il avait fait monter Martina devant, et allumé la radio, à plein volume.

Le ciel semblait liquide, tout autour, même les nuages rasaient les champs, tout rongés, dégoulinants. La musique et la chaleur. La voix âpre d'Alanis Morissette à fond. And I'm here to remind you all the mess you left when you went away. Et je suis là pour te rappeler tout le bordel que tu as laissé en partant.

Les deux autres, comme une escorte, sur le scooter, sans casques, serrés fort l'un contre l'autre, les têtes rasées qui fendent l'air moite. Martina qui vomit entre ses jambes, pliée en deux, à jets rapides et violents, et Mirko qui ne dit rien. Même le vomi reste là, sur ses genoux, dégoulinant comme les nuages, d'un jaune pâle : spaghettis au beurre et melon blanc.

Sur la place et dans le parking, tous les autres enfants. Les petits avec la batterie de seaux, de dînettes, de poupées, de balles, comme s'ils étaient sur la plage. Les grands, sur les selles de leurs vélos et de leurs scooters, prêts à rentrer. L'heure de dîner.

Martina est descendue de la voiture sans fermer la portière, sans dire un mot elle est allée vers la fontaine, elle a trébuché dans ses lacets défaits, elle s'est relevée. Une goutte de sang rouge brillant a glissé du genou droit jusqu'à la cheville, elle s'est arrêtée sur la socquette blanche. Elle a tout lavé, le vomi, le sang, les larmes. Quand elle s'est retournée vers la voiture, les autres étaient tous autour, immobiles, bras pendants, poings serrés, et puis Mirko a dit : à neuf heures, ici. Même Martina a entendu. Ils ont fermé la portière de droite et ils se sont éloignés en hâte.

Marcher tout droit à travers les champs pendant cinq minutes, tout droit jusqu'au fossé et puis à l'intérieur du fossé marcher encore, dans les orties et la boue. Avec la lune pâle au milieu du ciel noir et pas une voix.

21.

Une soirée irréelle. Déjà en montant l'escalier Martina avait senti ses jambes se soulever sans effort, comme si elle était juste en train de rêver qu'elle bougeait. Les objets flottaient autour d'elle, roulant dans l'air, sans bruit. Tout semblait léger, sans poids, comme à l'intérieur d'une cabine spatiale à des milliards de kilomètres de la Terre.

Un dîner irréel. Irréels sa mère avec les chaussons à fleurs, la table de la cuisine, les haricots verts bouillis, les couverts posés à leur place. Toujours les mêmes objets : la salière et la poivrière en plastique transparent, l'huile et le vinaigre avec l'inscription en vert, peinte à la main : « Mon Huile » et « Mon Vinaigre », toujours les mêmes, mais jusque-là Martina ne les avait jamais regardés. La suspension orange, comme une soucoupe volante au-dessus de la table, et la nappe jaune décorée d'énormes citrons dessinés. Le ventilateur avec ses pales blanches, couvertes d'un voile de saleté. Les objets, les habitudes lui faisaient l'effet d'un monde merveilleux perdu. Les haricots verts, les couverts, les chaussons à fleurs de sa mère, la suspension orange étaient pleins de tendresse et de sens : des choses qu'elle détestait hier, mais qu'elle aurait aimé pouvoir contempler aujourd'hui calmement, doucement. Si aujourd'hui n'avait pas été aujourd'hui, mais un jour différent, s'il n'y avait pas eu d'autres moments, d'autres choses, d'autres images dans les yeux pour faire obstacle. Plantées, solides comme les racines d'un chêne, comme des clous dans un mur.

Ils avaient laissé Matteo sur la place, avec son vélo. Il était déjà assez tard, le soleil avait disparu derrière les champs et la route s'enfonçait à l'horizon dans une lumière rouge. Pendant qu'il pédalait, la casquette vissée sur la tête et les mains serrées sur le guidon, Matteo regardait loin, il tournait la tête de côté pour voir les champs rougis défiler autour de lui.

Sa mère était appuyée à la rambarde du balcon, avec la robe de chambre légère à carreaux bleus et blancs serrée sur les sous-vêtements blancs. Elle l'attendait.

Il avait appuyé le vélo contre le mur et avait fermé le cadenas de l'antivol. Il s'était assis par terre, à côté de la maison, à un endroit où sa mère ne pouvait pas le voir, la tête entre les mains. Il n'avait pas pleuré, rien ne sortait, ni des yeux ni de la bouche. Il avait essayé, la tête plongée entre les genoux, la bouche ouverte, les yeux plissés, il avait essayé de faire sortir quelque chose de lui, mais tout était fermé, il avait l'impression d'être une sorte de nain en pierre.

Il avait appelé à la rescousse tout le sang-froid encore disponible : bouger calmement, sans rien trahir, garder une expression normale, le regard ferme.

Il devait juste monter l'escalier, c'était facile — combien de fois l'avait-il monté, ce putain d'escalier ? —, vingt-trois marches, d'abord douze, puis virage à gauche à quatre-vingt-dix degrés, et encore onze, jusqu'à la dernière, abîmée, un peu dangereuse.

Se laisser embrasser par maman, humer son parfum de savonnette au miel les yeux fermés, s'écarter d'elle, s'asseoir à la table de la cuisine et manger.

Calme. Il suffisait d'être calme, de tenir la fourchette dans la main droite, de piquer des morceaux de bifteck déjà coupés et alignés dans l'assiette, de les porter à la bouche. Calmement.

Mastiquer lentement. Déglutir, sentir l'estomac qui se remplit. Ne pas lever les yeux de l'assiette, ou les garder fixés sur la télé en feignant un grand intérêt.

Cela semblait facile, mais chaque bouchée, c'était du sang dans la bouche, un mélange de terre et de sang, une pâte foncée, pareille à celle qui sortait du corps de Greta et qui avait inondé les draps.

Les yeux fixés sur la télé, courage.

Sur l'écran, une femme noire très maigre qui se contorsionne et se transforme en araignée, elle hurle et sa voix a des échos étranges qui le font sursauter sur sa chaise.

Changer de chaîne, journal régional, chaleur record à Bologne.

Sa mère assise à côté de lui continue de lui remplir son assiette : carottes au beurre et purée pour accompagner le bifteck. Jaune, orange et noir. Les couleurs se mélangent, l'assiette est une palette confuse.

Demain tout sera fini. Demain. Pour l'instant, demander à maman la permission de sortir une petite heure.

D'accord, mais une heure. Pas plus d'un quart d'heure de retard. À dix heures je veux que tu sois là.

Chez Luca, il n'y a que sa sœur. Sur la table, un plat énorme, archiplein de pommes de terre sautées, la passion culinaire de Ginny. Ginny-Ginestra [1], quel nom débile, il n'y avait qu'un père pour choisir un nom pareil.

Mais elle ne pouvait pas avoir fait sauter cette montagne de patates pour eux deux seulement. Et en effet, dix minutes plus tard était arrivé un de ses fiancés. Les deux garçons ne s'étaient même pas salués. Luca était resté assis à sa place, chef de table en l'absence du père, avec le plat de patates devant lui. Un coude appuyé sur la table et la tête dans la paume. Les yeux fermés.

Tu es fatigué ?

La voix de Ginny n'avait aucune consistance, un souffle de vent à peine perceptible au milieu du tumulte qui grondait dans son crâne, juste à mi-chemin entre les deux oreilles.

Oui.

Alors tu restes à la maison ?

Non.

Tu vas où ?

Je sors.

Ça j'ai compris. Avec qui ?

Je sors.

Elle avait aussitôt arrêté de poser des questions, le type avait allumé un joint et versé du vin rouge dans deux verres à pied hauts et ventrus. Ils riaient. Leurs rires aussi étaient un murmure imperceptible, ils arrivaient d'une distance incalculable, un bruit pareil à des billes de verre en cascade sur un carrelage.

1. *Ginestra* : genêt.

Mirko n'avait pas dîné.

Il avait attendu caché à la limite du champ derrière l'immeuble, la main sur la clé de contact. Les dents serrées. Il pensait que tout change si vite, il suffit d'un mouvement brusque pour faire tout tomber.

À neuf heures ils étaient tous sur la place. Leurs visages sombres mêlés à ceux, rouges, surexcités, des autres enfants partant au cinéma à ciel ouvert, dans la cour de l'école élémentaire. Au programme, un titre exaltant : *En voyage avec Pippo*. Les enfants se sont mis en route, en une colonne hésitante, comme une procession de fourmis.

Eux sont restés assis sur un banc, Mirko dans la voiture, devant, à la place du passager. Par chance, Paolo était parti en Corse avec sa moto. Les parents ne se servent pas de la voiture, ils la laissent enfermée dans le garage derrière la maison. Ils ne s'étaient aperçus de rien.

Mirko avait décidé de tout. Les deux autres hochaient la tête. Mirko était le grand, quinze ans. Luca en a quatorze depuis deux mois seulement, Matteo dix. Leurs têtes rasées se balançaient sur leurs cous maigres d'enfants. Mirko en revanche se tenait droit, les cheveux châtains tombant sur son visage allongé. Les paupières plissées sur des yeux froids comme la lumière d'une étoile très lointaine. Martina restait deux pas en arrière. Les mains dans les poches, les yeux tournés vers la campagne, vers ce crépuscule d'été qui semble ne pas devoir finir, qui se répand au bout du champ et disparaît très lentement en abandonnant derrière lui un panache de langues orangées.

Ils sont montés dans la voiture, les deux garçons derrière, Mirko au volant et Martina à côté de lui. La place était vide, maintenant. Les phares de l'auto projetaient une lumière dense et spectrale qui arrivait jusqu'aux champs et s'y étirait. Ils ont roulé à toute petite allure, quarante kilomètres heure, sans musique. Les grillons, le hululement sec et répété de la chouette, le bruit léger du vent, comme un long sifflement dans l'herbe.

Ils ont tourné à gauche, juste après la petite place, et puis encore à gauche, devant le grand kiosque à journaux, via Foggiamorta. La campagne sombre et plate. Sur les côtés, avant le virage, une étendue ordonnée de serres : d'énormes vers en plastique blanc soutenus par des arcs en fer, fantomatiques sous la lumière de la lune.

Par les fenêtres ouvertes, on entendait le claquement des bâches sous les assauts du vent qui s'était levé brusquement. Claquements secs, répétés. Et eux muets à l'intérieur de la voiture. Même le souffle régulier de leurs respirations était sec. Comme celui des malades.

Toujours tout droit pendant cinq minutes, à travers champs et puis encore tout droit en suivant le fossé pendant cinq autres minutes, dans la boue et les orties, les grenouilles et les grillons. Les lucioles, encore éteintes. Ou parties, qui sait. Ciel noir maintenant, et une lune très lointaine, livide. Pas la lune ronde à la face maternelle et triste, une lune affûtée, au profil féroce, pointu.

22.

Ils sont arrivés au fond du fossé, à l'endroit où finit et commence une autre route en terre battue. Rien alentour, ni lumières, ni aboiements de chiens, ni phares d'automobiles. L'ombre des fermes au loin. L'étendue des champs noirs et silencieux.

Ils ont sorti du coffre le sac bleu et le corps de Greta. La lueur de cette lune méchante leur donnait des reflets d'un rose livide, presque violet, avec des pointes de bleu. L'automobile aux portières ouvertes, la pénombre nocturne, le cadavre nu, encore plus mince que lorsque Greta l'habitait. Toutes ces marques, ces blessures gonflées et sombres sur toute la surface du corps.

Martina avait pensé qu'il ne restait rien de vivant, rien qui lui ressemble, rien qui puisse permettre de reconnaître Greta dans cette chose. Elle était belle, pourtant. Belle la couleur de son corps qui n'avait rien d'humain. Comme un extraterrestre tombé au milieu des champs dans la plaine du Pô, solitaire et muet, griffé par les météores et par les planètes effleurées au cours de sa chute.

Ils ont fait un trou, juste à l'endroit où le fossé se termine, un trou horizontal. Ils ont creusé sous la terre battue, une sorte de grotte. Ils y ont glissé d'abord le sac, en le poussant bien au fond, et puis Greta, avec la terre qui se collait aux blessures ouvertes. Elle était un peu rigide, mais ils ont poussé tous ensemble les jambes et les bras jusqu'à ce qu'elle se retrouve en position fœtale. Exactement ça : un fœtus. Elle revenait au temps d'avant, Greta, au temps d'avant la vie.

Martina a pensé à la photo sur le manuel scolaire, dans la partie consacrée à la reproduction. Il y a l'image d'un fœtus plongé dans le liquide amniotique, dans la poche, à l'intérieur du ventre de la mère. Lui aussi était de cette couleur : un rose transparent, comme si on pouvait voir les veines sous la peau, le sang, et l'ombre des organes internes en cours de formation. Tellement solitaire et muet, là-dedans. En suspens dans un lieu chaud et silencieux, loin des voix, loin de la douleur.

Peut-être que Greta aussi est comme ça, en suspens dans un endroit qui n'est nulle part, avec la terre douce sur la peau, dans les yeux, les oreilles, la bouche. Une terre douce et fraîche et le mouvement souterrain des grillons, des cigales, des vers. Une population muette qui fait de son corps un lieu de passage et de subsistance.

Ils s'étaient lavé les mains avec l'eau d'une bouteille d'un litre et demi, ils avaient aussi bu une gorgée chacun et Mirko s'était renversé le reste sur les cheveux. Martina était restée immobile, assise sur le bord du fossé, les sandales enfoncées dans la terre meuble. Puis elle avait cueilli un peu de broussailles et d'herbe pour recouvrir la terre. Immobile. Les yeux : un grand angle sur les champs. Au-dessus un silence noir-bleu et pas une luciole. Un océan immobile et silencieux.

Sans poissons, sans voix qui t'appellent, sans mains qui cherchent à te toucher.

Matteo avait commencé à jouer avec la main de Martina. Ils étaient assis sur le bord du fossé, les pieds enfoncés dans la terre et le derrière dans l'herbe humide. Tout autour, grillons et moustiques.

La main de Martina était molle entre les siennes. Il y a une cicatrice sur son index, une sorte d'epsilon à l'envers.

Matteo tenait fermement sa main et passait un doigt sur l'index marqué.

De temps en temps, la cicatrice gonfle et suppure, la peau autour devient toute rouge et Martina se passe le doigt sur le bord des dents inférieures, à toute vitesse, pour faire cesser la démangeaison.

Elle se rappelle comment c'est arrivé, et elle aime se le faire raconter encore et encore par sa mère. Ils étaient dans le train et Martina, qui devait avoir trois ans, était assise sur le siège, engoncée dans un petit manteau zébré en fourrure synthétique. Un minuscule paquet, coincé entre sa mère et l'accoudoir. Elle avait commencé à faire des efforts pour soulever celui-ci, et d'un seul coup, alors qu'elle y était parvenue, l'accoudoir était retombé, enfonçant un ergot de métal dans la pulpe de son index droit.

Sa grand-mère était du voyage. Les deux femmes, terrorisées par le sang et par les hurlements de la gamine, avaient cherché le contrôleur et tenté de le convaincre d'arrêter le train en rase campagne émilienne, plus vide et inhabitée que la lune. À la gare la plus proche, on l'avait portée à l'infirmerie, et le train avait attendu qu'on la soigne.

Un souvenir inoubliable : le médecin de la gare, un homme ventru et gigantesque qui la tient dans ses bras et lui fait plonger le doigt blessé dans un verre d'eau bouillante avant de l'envelopper dans un pansement très serré.

Martina avait pensé à ses cicatrices à ce moment, surtout à celle-là, la première, elle avait regardé loin vers le bout des champs et elle avait parlé à mi-voix, pour que Mirko et Luca ne l'entendent pas.

Qu'est-ce qui arrive aux blessures de ceux qui meurent ? Tu crois qu'elles ont le temps de cicatriser ?

Peut-être que non, peut-être qu'elles ramollissent et qu'elles se dissolvent en même temps que le reste... non, elles n'ont pas le temps...

Cela lui semblait horrible : les cicatrices racontent un tas d'histoires, on ne se les fait pas faire exprès comme les tatouages, elles sont le souvenir d'un jour d'été où tu t'es lamentablement écroulé sur un muret de pierres aiguës, d'une glissade sur un rocher. Une cicatrice est la signature ténue mais visible qui témoigne de la lutte contre un adversaire plus fort et plus furieux. Même celles des opérations sont belles. Martina a toujours aimé la cicatrice longue, pareille à la balafre sur le visage du Capitan Harlock, que sa mère porte sur le ventre en souvenir d'elle ne sait plus quelle opération chirurgicale.

Mais un corps qui se dissout ne raconte plus rien à personne, à quoi lui servent les cicatrices ?

Alors Greta n'aura pas de cicatrices...

Je ne sais pas, mais je ne crois pas...

Matteo avait serré fort l'index de Martina entre ses doigts jusqu'à ce qu'elle retire sa main d'un geste brusque, sans le regarder.

Arrête, tu me fais mal…

Excuse…

Sur la joue de Matteo, tout près du nez, une larme avait coulé. Petite et transparente, elle avait laissé une traînée pareille à de la bave de limace sur la pellicule de saleté, poussière et terre, qui lui assombrissait le visage.

Martina avait commencé à chanter. Sa voix s'était élevée, fluette et ferme, propre, sans bavures.

Ce n'était peut-être pas une vraie chanson, plutôt un indicatif de dessin animé estropié, mélangé à autre chose. En tout cas, c'était une simple mélodie, sans paroles. Un air tranquille, contenant le moins de douleur possible, le moins de tout. Une musique. Rien de plus.

Les autres étaient restés à l'écouter, debout sur la route de terre battue, et même à la fin de la chanson ils n'avaient rien dit, ils étaient montés dans la voiture, ils avaient fermé les portières et ils étaient repartis. Quarante kilomètres à l'heure, la radio éteinte. Le silence de la campagne et pas une luciole.

Tout droit à travers champs pendant cinq minutes, et puis encore tout droit, le long du fossé, jusqu'à la fin, et puis à l'intérieur, dans la boue, au milieu des orties. Au milieu des fleurs jaunes et violettes, des grenouilles et des grillons. Toujours tout droit, en suivant la silhouette lointaine de l'usine sur la droite, la clôture basse qui coupe le champ à moitié. Encore tout droit, jusqu'à la fin.

Quand viendront les premières gelées, ce sera facile de faire des glissades au bout du fossé, surtout le soir. Quand il fera très froid, à la fin novembre, disons, ce sera plus compliqué de sortir après dîner. De suivre cette route en plein champ, de traverser les sillons tracés par la charrue en écrasant la glace avec les grosses chaussures de marche et de venir chanter devant l'océan.

Achevé d'imprimer
sur Roto-Page
par l'Imprimerie Floch
à Mayenne, le 28 avril 2000.
Dépôt légal : mai 2000.
Numéro d'imprimeur : 48477.

ISBN 2-07-049866-2 / Imprimé en France.

87395